AU RENDEZ-VOUS
DES PAS-PAREILS

www.editionsphebus.fr

ISBN : 978-2-7529-1257-2

JEAN-PIERRE ANCÈLE

AU RENDEZ-VOUS DES PAS-PAREILS

ROMAN

PHÉBUS

à Laurette
à Dani
partis sans l'avoir lu

Il y avait autrefois près d'ici un petit café à l'enseigne du Signal d'Arrêt. J'ai dû passer devant des dizaines de fois.
Je n'y suis jamais entré.

CETTE ROUTE.

Dans les ornières qui la balafraient, on aurait pu y noyer des ânes. Tout du long ça pataugeait dans une soupâtre épaisse, lourde, ça croupissait, les restes des gros bouillons pissés par les cumulus depuis deux, trois jours.

Des pas habituels, ces nuages. Il les avait bien regardés, depuis la fenêtre de la cabane ce matin avant de quitter le chantier, gonflés jaune, juteux comme des phlegmons au bord d'éclater. Des comme ça, ailleurs il en avait jamais vu. À se demander s'ils le faisaient pas exprès de se rassembler et de défiler au-dessus de ce putain de paysage. Comme pour lui foutre encore plus de gris. Et pas qu'au-dessus.

En dedans aussi.

Quand par instants le soleil se pointait, il ne restait pas. Rien à foutre de ce patelin, le soleil. Rien à foutre de lui sécher la glaise, à cette route.

Berland allait de son pas régulier, toujours le même,

à moyennes enjambées d'un demi-mètre le long de la route déserte. Les clous de ses semelles piquaient une gadoue molle comme vieille fesse et chaque pas y laissait l'empreinte de leurs chicots d'acier.

Faudrait quand même arrêter avec cette boue. À force d'en foutre et d'en foutre encore on allait bientôt plus pouvoir rien faire d'autre que de patauger dedans.

Mais qui c'est qu'allait le dire ? À qui ?

Et quand on l'aurait dit, ça changerait quoi ?

BERLAND ENFONÇA SON BONNET de laine sur sa tête. Novembre s'était mis à refroidir. Si on ne baissait pas le nez, le vent vous le gelait en moins de deux, et les oreilles aussi. Il avait entendu Comdinitch raconter que du froid comme ça, ça pouvait vous les faire tomber, les oreilles. D'accord, dans ses histoires, à Comdinitch, y avait souvent des trucs qui tombaient, mais les oreilles, fallait pas rigoler avec.

Pour faire froid, il faisait froid, pourtant la transpiration collait à son dos la flanelle du maillot sous la capote bouffée aux mites, aux souris, antique, crasseuse. Il était arrivé sur le chantier sans manteau. Le sien, il l'avait laissé en quittant le précédent.

La coutume.

Il faisait chaud, sur le chantier d'avant. Mais chaud, ça ne se trouve pas partout. Et souvent ça ne dure pas. Il avait été bien content qu'elle soit là, cette capote, accrochée à une patère dans la cabane.

Les ronces mordaient les clôtures barbelées qui bordaient la route jusqu'à plus voir. La cime vert foncé des cupressus perçait la voûte grise plombée.

Cons d'arbres, toujours à fouir les nuages, comme s'il y avait quelque chose à trouver dans le ciel.

Depuis le temps, ça se saurait.

Cons d'arbres. Plantés là au bout de cette route obligée de tourner pour mener quelque part.

Pas dans le Bois en tout cas.

La lisière d'un bois pouilleux avalait l'horizon. Serrés les uns près des autres, les arbres du Bois aux Putes montaient la garde.

Pour rien.

Plus rien à garder à présent. Les putes du Bois, beau temps qu'elles étaient parties se faire voir ailleurs. On ne les rencontrait plus que dans les histoires à Comdinitch, les putes du Bois, en levant le coude au Cran d'Arrêt. Paraît qu'y en avait eu, des blondes, des noires, des à perruque, des vraies et des fausses, tout ce qu'on voulait le jour et la nuit, en service continu. Quand l'envie vous prenait, et qu'on avait de quoi, on allait au Bois leur faire une visite, et elles étaient bien aimables et serviables, pourvu qu'on ne les emmerde pas et qu'on sache se tenir. Mais tout cet agrément n'avait eu qu'un temps. Il avait fini par attirer trop de monde le Bois, du vilain monde. À la fin, on avait dû installer pas loin un dispensaire de campagne sous une toile de tente pour raccommoder les mâchoires, recoudre les crânes, éclisser les bras et les jambes.

Alors inévitablement était venu le temps des histoires.

Et pas que des belles.

Comme celle de la main.

TOUT LE MONDE LA CONNAISSAIT, tout le monde y pensait encore, à cette histoire, même si ces choses-là ne dataient pas d'hier.

C'est Comdinitch qui l'avait racontée le premier, un midi, au Cran d'Arrêt.

Au temps où dans le Bois ça y allait fort, justement à cause de tout ce monde qui y venait, un soir, un gars était tombé sur une main. Enfin, tombé, façon de parler. Parce que, hein, pas la peine de demander ce qu'il était venu y chercher, dans le Bois. Il ne faisait presque plus jour, le gars n'y voyait pas bien clair, il ne marchait pas bien vite, et tout d'un coup il avait senti quelque chose contre le bout de son soulier, quelque chose de mollasse, un gros champignon, ou peut-être un hérisson, et comme de juste, il s'était penché pour voir. « Tenez-vous bien, faisait Comdinitch à ce moment de l'histoire, vous n'allez pas me croire : une main, que c'était. Une main, parfaitement. Mais petite, hein, de femme, cette main-là.

Gauche. Tranchée net au poignet, avec encore un peu de sang qui continuait de sécher violaceux entre les doigts. À se demander ce qui avait bien pu la couper aussi net. Une machette, une feuille de boucher ? Ou est-ce qu'on ne l'aurait pas sciée, des fois ? » Là, Comdinitch, il laissait toujours un peu de temps pour qu'on y pense. Une main qu'on scie, ça donne à penser. Peut-être à cause du bruit quand on coupe l'os. « Et pis aussi, pourquoi, hein, pourquoi qu'on l'avait coupée, je vous le demande un peu », demandait un peu Comdinitch. Une bagarre ? Une vengeance ? Un règlement de comptes ? Une punition ? Allez donc savoir, avec tout ce qui se passait là-dedans. Et justement, d'après Comdinitch, personne n'avait jamais su.

Dommage, qu'il disait, parce que ça aussi, il aurait fallu le savoir, en plus d'à qui elle était. En tout cas, elle lui avait fait un drôle d'effet, au gars, cette main au bout de son pied.

Faut comprendre, c'est pas ordinaire.

Encore heureux qu'il avait pas marché dessus.

EN TOUT CAS, À L'ÉPOQUE, pour ce qui est d'en parler, on en avait parlé, de la main. La gendarmerie s'était déplacée. Ça commençait à bien faire, dans ce bois. Des heures ils y étaient restés, à mesurer, à prendre des photos et à flairer. Les corbeaux du Bois étaient contents. Ils ne flairent pas, les corbeaux, mais ça leur faisait de la distraction. Le gars, fallait voir comment qu'ils lui en avaient posé des questions, les gendarmes. Et pas qu'à lui, parce que de la fréquentation, dans le Bois, il n'en manquait pas. Aussi, qu'est-ce qu'il avait été leur en parler, on se le demande. Mais à la fin, tout le monde s'était retrouvé Gros-Jean, les gendarmes comme les autres. Et le comble, c'est qu'ils étaient repartis sans la main. Le gars l'avait laissée par terre, sûrement à cause des empreintes, et dans le piétinement de l'enquête, allez savoir où elle était passée.

Pour ce qui était de la raconter cette histoire, pas besoin de le prier, Comdinitch.

Même s'il lui en manquait un bout.

Au Cran d'Arrêt, l'opinion, c'était que le gars dans le Bois, il aurait mieux fait de rien dire, de passer son chemin. C'était pas elle, la main, qui leur aurait fait signe, aux gendarmes.

Et pas non plus l'autre bout, celui de l'autre côté de la main, le bout de femme qui commençait au poignet. Ou qui s'y arrêtait, ça dépend comment on se place. Celui-là de bout, on l'avait jamais retrouvé, il avait continué son chemin.

Tout seul.

« Enfin, faudrait plutôt dire toute seule. À cause du sexe de la main », ajoutait Comdinitch.

Ou bien on l'avait emporté.

Si quelqu'un l'avait retrouvé, il n'avait rien dit. On n'en avait plus entendu parler, de l'autre bout.

Et après que la gendarmerie était repartie bredouille, ça s'était su, cette histoire. Alors, forcément, ceux de l'autre côté n'avaient plus été aussi chauds pour y venir, dans le Bois. Rigoler, d'accord, mais si c'était pour y laisser des morceaux, on était moins partant. En plus risquer de se faire questionner par les gendarmes, dame, ça faisait passer le goût d'aller aux champignons.

De ce côté-ci, il ne restait plus assez de monde pour faire une clientèle. Sans compter que ça coûtait. Ils auraient pas eu les sous.

Rideau. Le Bois s'était vidé de son commerce.

Et maintenant il n'y restait plus que les corbeaux.

Mais là, propriétaires, comme chez eux, toujours en noir, toujours smart, emplumés d'anthracite, toujours perchés, toujours à guetter, toujours prêts à passer à table.

À présent, ceux qui prenaient par le Bois, c'est qu'ils étaient pressés.

Comme Berland ce matin-là.

Il avait le cœur merdeux, Berland.

Pas envie.

Pas envie de le regarder ce pays. Pour voir quoi ? Du gris en dessus, de la boue en dessous.

Pas envie non plus de suivre une idée qui arrivait parfois sans prévenir, s'accrochait à une autre pour essayer de l'entraîner à penser et lui serrer l'intérieur du crâne.

Un jour – il y avait combien de temps ? – qu'est-ce que ça pouvait foutre, combien de temps ? – il avait pas fait gaffe, il s'était laissé aller à penser et, à la fin, il s'était aperçu qu'il n'avait plus envie de rien.

De presque rien.

Cette brume dans sa tête ce matin, c'était les chiens.

DE ÇA, QUOI, TROIS SEMAINES ? Plus ? À deux qu'ils étaient arrivés, dans une camionnette. Des plaintes qu'il y aurait eu. Trop de bruit. Ils gueulaient toute la journée, à croire qu'ils s'excitaient mutuellement, on les entendait de partout, y en avait marre à la fin. Ça avait assez duré, il allait falloir qu'il se débrouille pour les faire taire. Sans compter qu'un jour, gros à parier, il y aurait un problème. Un gosse qui se ferait mordre, ou pire.

Un chien, il commence à mordre, allez savoir quand il va s'arrêter. D'accord, il n'en passait pas souvent des gosses devant le chantier. Pour aller par là, fallait vraiment être obligé. Et puis il y avait la clôture. Mais quand même, il suffirait d'une fois.

Des gosses égarés.

Ou perdus.

Par la portière ouverte de la camionnette, les deux gars lui avaient expliqué qu'ils pouvaient s'en charger, les embarquer, ils savaient s'y prendre. Mais c'était pas forcé, non plus. S'il préférait s'en occuper lui-même, il était libre. Ils le laissaient faire, ce serait comme il voudrait. Une corde, un marteau, des boulettes, pas les moyens qui manquent. Après, il n'aurait qu'à les mettre en tas dans la poubelle du chantier. Elle avait l'air assez grande, ça tiendrait.

– C'est ça votre poubelle ? Eh ben ça tiendra. C'est des gros ? Au fait, ils sont où ? avait demandé celui qui ne conduisait pas.

– À cette heure-ci, ils font leur ronde.

– Et c'est quoi comme race ?

– Pas la même.

– Ah. Et vous les avez ramenés d'où ?

– Ils sont venus tout seuls. Les chiens de chantier, ça connaît leur métier, ils vont là où ils ont à faire.

– Bon, comme vous voulez. On ne vous force pas. Mais, on vous le répète, avaient-ils répété, si vous préférez, nous, on le fait pour vous. Et rien à payer. La Direction se charge de tout.

Berland avait marmonné une vague réponse. Les types n'avaient pas insisté, pas même fait mine de chercher à comprendre. Ils n'étaient pas venus jusque-là pour chercher à comprendre.

– Bon, du moment que c'est fait…

– Et puis, ajouta celui qui tenait le volant, pour le reste, traînez pas non plus.

– Quel reste ? demanda Berland.

– Ben, le reste. Ça ne va plus tarder, maintenant. Vous avez intérêt à être prêt.

– Vous n'avez pas l'air au courant, ajouta l'autre. On ne vous a rien dit ?

– Non, rien.

– C'est que ça va bouger, par ici.

– Ici, dans le chantier ?

– Ici, oui, ici. Vous croyez pas qu'il va rester encore comme ça longtemps, ce chantier. Il va s'y passer des choses dans ce chantier.

– Ouais, avait renchéri l'autre, à votre place, je me tiendrais prêt.

Ils portaient tous les deux des moustaches, une paire chacun. Berland avait observé que celles du conducteur avaient un drôle d'air. Comme si ça n'avait pas toujours été les siennes, ces moustaches-là. Comme si elles avaient appartenu à quelqu'un d'autre avant et que sous ce nez-ci, elles n'étaient pas encore bien sûres de vouloir y rester. Mais Berland n'avait rien dit. Peut-être parce qu'il n'était pas parvenu à mettre un autre visage derrière. Il lui aurait fallu plus de temps.

Les types n'avaient pas fait le déplacement pour discuter avec lui. Juste pour lui dire ce qu'ils lui avaient dit, pas plus.

Et ils étaient repartis.

BERLAND N'AVAIT RIEN FAIT.

Et pourquoi il aurait fait quelque chose ? Rien faire, c'était déjà faire quelque chose : rien.

Merde, un chantier sans chiens, je vous demande un peu. Et juste à cause de plaintes. Quelles plaintes, d'abord ? D'où qu'elles auraient bien pu venir ? Non, en attendant qu'on lui dise autrement, le chantier, c'était lui qui s'en occupait. Alors les chiens, par le fait, c'était ses chiens, voilà. Tant qu'ils étaient là en tout cas.

On ne tue pas des chiens sous prétexte qu'ils gueulent. Ils n'avaient jamais mordu personne, ces chiens-là. Berland les avait toujours connus bien braves, dociles même, à leur manière de chiens. Et travailleurs, pas avares de leurs efforts. La poubelle, et puis quoi encore ?

Et les gosses, ça ne gueule pas ? Des fois on en entend qui braillent pire que des cochons. On les met dans des poubelles, eux ? Non. Personne ne vient se plaindre. Et pour garder un chantier, pardon, mais entre des chiens et des gosses, on ne traînerait pas à choisir.

Berland avait refermé la porte de la cabane sans un mot. Debout derrière la fenêtre au-dessus de l'évier en ciment, une main sur la poignée de la pompe, il avait regardé la camionnette fondre sous l'horizon.

Le lendemain, on n'avait rien trouvé dans sa poubelle, à Berland. Rien de carcasseux en tout cas. Rien avec du poil dessus. Si on avait trouvé du chien, ça n'aurait pas été Berland qui l'y aurait mis.

Mais on n'avait rien trouvé.

Le surlendemain non plus.

Et maintenant, trois semaines plus tard, un papier, un bout de papier jaune dans la boîte, une convocation, avec « URGENT » tamponné rouge en travers et l'adresse de la Direction.

Une sacrée paye qu'il n'y était pas allé, de l'autre côté. C'est ça qui devait le faire transpirer autant, s'éloigner du chantier et penser à la convocation. C'était pour les chiens, certain. Alors, il y allait. Pas envie que les gars se repointent dans leur camionnette. Ce coup-là ils apporteraient leurs filets et leurs crochets. Tout le monde savait comment ils s'y prenaient. Au Cran d'Arrêt, on en parlait, des fois. Ils connaissaient leur affaire. Chaque geste précis, calculé, expert. L'affaire réglée, ils nettoyaient leurs outils sous le jerrycan d'essence, remballaient l'attirail, et salut la compagnie.

Ils ne prenaient pas que des chiens, à ce qui se disait aussi.

De temps en temps, Berland s'assurait du bout d'un doigt que le papier jaune n'était pas tombé par un trou dans la poche de sa capote.

– MOI NON PLUS, je n'y vais pas souvent par là, dit Comdinitch. Je me demande bien ce que j'irais y faire. Presque plus personne n'y va d'ailleurs.

À l'invitation du Docteur, Comdinitch l'avait rejoint devant le cabinet.

– Ça m'arrangerait beaucoup si vous pouviez m'accompagner, avait dit le Docteur. J'ai une course à faire et j'aurais besoin de vous pour ramener la Chenard ici.

Comdinitch et le Docteur se trouvaient mutuellement sympathiques. Le Docteur, quand il lui arrivait de passer au Cran d'Arrêt, était un de ses auditeurs les plus attentifs et, Comdinitch le savait d'expérience, plus souvent qu'on ne le pense les bonnes oreilles font les bonnes histoires. Et puis, le Docteur n'aurait pas confié la Chenard & Walcker au premier venu. Comdinitch, flatté, s'était empressé de saisir l'occasion de lui venir en aide.

Sans parler de l'agrément que ça vous donnait, de conduire cette auto-là.

L'intérieur capitonné de la Chenard & Walcker fut soudain silencieux. Pourquoi les deux hommes en étaient-ils venus à parler de ça ? Ni Comdinitch ni le Docteur, au volant, n'aurait pu le dire. Le Bois et ses alentours depuis quelque temps revenaient souvent dans les conversations. À cause de la route ? Des camions ?

– Autrefois, dans le Bois, je ne dis pas, reprit Comdinitch. Mais à présent ? Qu'est-ce qu'on irait y faire, hein ? Y a plus rien par là-bas. Plus que de la boue et le chantier… Vous parlez d'un chantier. On ne sait même pas à quoi il sert au juste. Vous le savez, vous ? Entre nous, on ne me fera pas passer l'idée qu'il ne sert à rien. Au moins deux ans qu'il est là, et rien qui s'y passe, Docteur, je vous demande un peu. Des fois, on se dit qu'ils devraient quand même finir par se mettre à y faire quelque chose, sur ce chantier, alors on questionne Berland, le gardien, quand il vient au Cran d'Arrêt, mais lui, jamais au courant de rien. À se demander ce qu'il y fait, depuis le temps. Il dit seulement que la Direction l'avait embauché, à l'époque, que depuis il y a eu du changement, ceux qui l'avaient embauché ont été remplacés. Les suivants l'ont gardé, lui-même il n'a pas l'air bien sûr de savoir pourquoi. Et vous, Docteur, vous le sauriez ?

– Non. Mais un chantier sans gardien, ce n'est pas un chantier.

Comdinitch réfléchit.

– Et qu'est-ce que c'est alors ?

– Un terrain vague.

– En tout cas, le mieux à faire pour lui, c'est continuer à attendre.

Le Docteur ouvrit l'étui d'argent posé sur la marqueterie de pernambouc rouge et or du tableau de bord.

– Cigarette ?

– Merci, je dis pas non.

Comdinitch alluma d'abord la sienne, habillée de papier brun embouti d'un filtre d'or, avec l'allume-cigare de nacre, et le tendit au Docteur qui après la première bouffée le remit délicatement en place. Les deux hommes en exhalèrent une seconde en silence, les yeux sur la route. Le Docteur reposa ses longues mains élégantes sur la peau d'étoile de mer qui gainait le volant.

– Ouais, reprit Comdinitch, Berland, le gardien, on se demande ce qu'il garde, celui-là. Pas le mauvais gars, notez, quand il vient au Cran d'Arrêt, il boit le coup avec tout le monde, mais on mentirait à dire qu'il parle beaucoup.

Comdinitch réfléchit.

– C'est peut-être d'habiter dans ce coin-là, avec toute cette solitude. Je comprends que ça ne lui donne pas le goût d'être bavard.

– C'est vrai que je n'y ai jamais vu grand monde, remarqua le Docteur. Bien sûr, il ne m'arrive pas souvent d'y aller.

– À mon idée, ils ne doivent pas être plus de deux, répondit Comdinitch.

Il s'interrompit à nouveau, le temps de se livrer à un silencieux recensement.

– Deux, Berland et l'autre, là, comment on l'appelle déjà... Ah oui, Failagueule, qui a sa maison un peu plus loin au bord de la route. Toujours à faire des histoires, celui-là. Et aussi les chiens, les chiens du chantier. Ça fait quatre en comptant les chiens, si on les compte.

– Les chiens, ça se compte, dit le Docteur.

– Bon, ben alors quatre.

– Les chiens, ça se compte parce que ça compte, sembla insister le Docteur.

La Chenard & Walcker allait d'un train de promeneurs. Au risque de perdre une miette de l'échange, il convenait de ne pas se hâter. Le Docteur laissait toujours à la voiture le choix de sa vitesse. Sous le capot bleu paon singulièrement épargné par la boue, les pistons pompaient au rythme de la conversation.

– C'est vrai, reprit Comdinitch, qu'avec toute cette boue et le Bois où il ne vient plus personne, c'est mort par là-bas.

Du bois mort en somme, songea le Docteur.

– TENEZ, FIT COMDINITCH, l'histoire du Bois, vous l'avez déjà entendue, vous ? Non ? Je m'en doutais, Docteur. Vous n'êtes pas ici depuis très longtemps. Je me demande même si quelqu'un la connaît encore. Tremblote ? C'est pas à lui qu'on va demander de la raconter, à cette heure, pauvre vieux.

Comdinitch secoua sa cendre dans le cristal du cendrier.

– Bon, il y a eu la main. Celle-là tout le monde l'a entendue. On me la réclame toujours, figurez-vous. Ils s'en fatiguent jamais, au Cran d'Arrêt. Même avec le bout qui manque. Moi, vous voyez, ça m'a toujours chiffonné, ça.

– On le retrouvera peut-être un jour.

– Je ne crois pas, Docteur.

– Pourquoi ?

– Eh bien, vous ne le savez peut-être pas, mais la main…

– La main ?

– Oui, celle du soulier… Du soulier au gars…
– Eh bien ?
– Personne ne sait où elle est passée.
– Les gendarmes ne l'ont pas emportée ?
– Figurez-vous qu'en arrivant à la gendarmerie, ils se sont aperçus qu'ils ne l'avaient pas.
– Vraiment ? Oubliée ?
– Allez savoir. Ils n'ont pas eu le temps de revenir y voir. La gendarmerie a déménagé juste après.
– Les gendarmeries, dit le Docteur, ça va ça vient. Si je vous comprends bien, ce n'est pas un bout qui manque à votre histoire, c'est au moins deux.
– Oui… Mais dites, ça s'est vu qu'on retrouve des bouts d'histoires perdus, non ?
– Sûrement, dit le Docteur. Tout s'est déjà vu.
– J'aimerais l'avoir, la fin de cette histoire, elle manque. Une histoire, faut qu'elle finisse, non ?
– Pourquoi ? dit le Docteur. L'inachevé, je ne connais rien de mieux pour rêver. Votre histoire de main, on l'aime comme ça. Sans main.

Comdinitch tira une longue bouffée silencieuse. Le Docteur, on gagnait toujours à l'écouter. La Chenard roulait sans bruit sur l'épais tapis de boue.

– Des fois, dit-il, je pense à la fin de tout, je me demande ce qu'on y fera. Pas vous, Docteur ?
– Si, moi aussi. Comme tout le monde. Cette fin-là, elle arrivera, c'est sûr.

Les deux hommes se turent un instant.

Comdinitch suivit d'un doigt léger sur le vitrail de la portière le fin contour d'un lys serti de cuivre.

– Mais le nom du Bois, Docteur, c'est quoi, pour vous son nom, au Bois ?

– Attendez… Le Bois aux Putes, non ? C'est comme ça qu'on l'appelle ?

– Oui, mais ce que vous ne savez pas, c'est qu'avant de s'appeler le Bois aux Putes, à cause des putes par le fait, il s'appelait autrement.

– Hé, s'il n'y avait pas de putes…

– Toute une histoire son nom, au Bois. Et celle-là, il n'y en a pas beaucoup qui la connaissent.

– Racontez, fit le Docteur.

– DE CHÂTRES, qu'il s'appelait le Bois avant, le Bois de Châtres, dit Comdinitch.

– De Châtres… Comme Châtres ?

– Oui, c'est comme ça qu'on l'appelait, par ici.

Comdinitch marqua une pause.

– Mais ce n'était pas son nom, au Bois.

– Non ?

– Non. Pas son nom.

– C'était quoi, alors ?

– Le Bois des Châtrés.

Comdinitch avait pris soin de détacher chaque mot.

– C'est pas pareil, hein ?

– Pas pareil du tout, admit le Docteur.

– Une sacrée différence, non ? Il ne doit pas y en avoir beaucoup des bois qui s'appellent comme ça. Eh bien, Docteur, vous me croirez si vous voulez, mais ce nom-là, c'était déjà un progrès par rapport à celui d'avant.

– Pourquoi ? Il s'appelait comment avant ?

– Tenez-vous bien.

Comdinitch marqua une pause, le temps de s'assurer que le Docteur se tenait bien.

– Le Bois des Couilles.

– Bigre…

– Et vous savez pourquoi ?

– Non.

– Bien sûr, vous ne pouvez pas le savoir, concéda Comdinitch. C'était à cause des arbres qui poussaient dedans.

– Des arbres ?

– Curieux, pas vrai ? Dans le bois, il poussait comme des espèces de petits cerisiers, vous voyez, avec des fruits qui venaient toujours par deux au bout des branches. Paraît que c'est des corbeaux qui avaient apporté des graines on ne sait pas d'où, ces bêtes-là ça traîne partout, et que ça s'était ressemé. Alors, comme je vous dis, ça donnait des fruits, des petites cerises, et ça ressemblait à une paire de couilles, ces cerises qui allaient par deux, vous voyez ?

– Très bien, fit le Docteur.

– Des couilles aux branches de ces arbres-là, je vous demande un peu… Et les gens en étaient venus à l'appeler comme ça, le Bois.

– Eh bien, dit le Docteur, vous m'avez l'air parfaitement renseigné.

– Oui. Il me reste encore quelques livres… Des vieux… Elle ne date pas d'hier, cette histoire, ni d'avant-hier.

– Mais alors, ces couilles, elles ressemblaient à quoi ? Elles étaient grosses, petites ?

– D'après les dessins elles étaient petites, comme des guignes, mais en plus roses.

– Des couilles de quoi, alors ? Pas d'homme ?

– Non pas d'homme. De rien. Des couilles de rien. Puisque c'étaient des cerises. Un peu comme les roupettes qu'on laisse mariner dans l'eau-de-vie, vous voyez ?

– Non… Et alors après, le Bois des Couilles, son nom, c'est devenu quoi ?

– Le Bois des Châtrés, ils l'ont appelé, comme je vous disais.

– Oui… Poétique, vous ne trouvez pas ?

– Oui, pas mal. Mais les gens, par ici, n'aimaient pas trop. La poésie, hein, c'est pas bien de chez eux. Allez savoir pourquoi, ça ne leur plaisait pas beaucoup non plus ces histoires de couilles qui pendaient aux branches des arbres. Faut les comprendre, Docteur. Des fois qu'un jour ça en viendrait à être les leurs. Vous me direz qu'il n'y avait pas de raison… ouais… on ne sait jamais. La débine, vaut mieux pas l'attirer. Sans parler des femmes. Elles, ça ne leur convenait pas beaucoup d'emmener leurs enfants se promener dans un bois avec un nom comme ça, le Bois des Châtrés. D'ailleurs, elles disaient juste le Bois. Les gosses, bien sûr, eux ça les faisait rigoler. Mais après, quand ils devenaient grands, pour emmener les filles, vous voyez, c'était pas adapté non plus. Même si à l'époque où je vous parle, ces arbres avaient disparu depuis longtemps et que plus personne ne se souvenait d'où était sorti ce nom-là.

– Ah, il n'y en avait plus, de ces arbres ?

– Non, partis un jour. Comme ils étaient venus. La nature, elle vient, elle va, elle ne donne pas ses raisons.

– Ah, ça... approuva le Docteur.

– Si bien qu'après, comme il lui fallait un nom, au Bois, ils ont fait Châtres. C'est le maître d'école qui leur a trouvé ça. Comme je vous dis, ça ne date pas d'hier. L'école, hein, c'est comme les arbres à couilles et la gendarmerie. Savoir où c'est maintenant... Donc, c'est le Bois aux Putes, le bois. Il se peut bien que dans quelque temps, ça devienne autre chose.

– Peut-être juste le Bois ? hasarda le Docteur. Comme les femmes l'appelaient.

– On verra... D'abord plus de couilles, et maintenant plus de putes. Pas à dire, le temps, ça gomme.

Le Docteur et Comdinitch écrasèrent au même instant leur mégot dans le cendrier de cristal de la Chenard & Walcker.

– Et vous, Docteur, interrogea Comdinitch, vous devez aussi en avoir à raconter, des histoires, non ? Combien de temps que vous êtes ici ?

Le Docteur réfléchit un instant.

– Pas mal.

– Vous veniez d'où ?

– D'ailleurs.

Le Docteur quitta la route des yeux pour examiner un instant le profil de Comdinitch. La moitié d'un visage suffit souvent à vous en apprendre beaucoup sur l'autre, même si les deux ne sont jamais identiques. Légèrement pointus, le nez comme le menton révélaient la curiosité de Comdinitch. La lèvre mince s'accordait au fin contour de l'oreille. Pas de quoi déplacer un numismate, ce profil, mais pas non plus sans élégance, engageant sous le petit feutre vert, et qui se découpait parfaitement sur le vitrail Tiffany de la portière. Il l'aimait bien ce type, il aimait ses histoires, inépuisable saucisson débité en tranches de vie au comptoir du bistro. Il y avait toujours quelque chose à en tirer, de ses histoires. Pas de morale, non, mais un peu d'inattendu, de réflexion parfois, ou même – et depuis quelque temps on en avait bien besoin – de salutaires bouffées d'ailleurs.

– Là tout de suite, où on va ? demanda Comdinitch.

– On y est, dit le Docteur. Je descends un peu plus loin, après le virage. Je vous laisse la voiture. Vous saurez où la garer. Si vous hésitez, laissez-la faire.

– Comme convenu, répondit Comdinitch en ouvrant la portière. Ne vous faites pas de souci. Et après, Docteur, vous passerez au Cran d'Arrêt ? Il y a un moment qu'on ne vous y a pas vu.

– J'ai rendez-vous avec Synxter, ça peut prendre du temps.

– Quelque chose qui cloche ? demanda Comdinitch, un soupçon d'alarme dans la voix.

Il n'avait pourtant rien perçu d'anormal. Il tendit l'oreille.

– Non, non, pas du tout, au contraire, le rassura le Docteur. Celle-ci va très bien. Ça s'entend, non ? Il s'agit d'autre chose, ajouta-t-il, un brin énigmatique. Bon, on y est. Je vous la confie.

Les deux hommes sortirent de la Chenard & Walcker. Comdinitch gratta contre le rebord du trottoir la boue qui lui avait instantanément recouvert les chaussures, puis il s'installa au volant.

– À plus tard, dit le Docteur avant de refermer la portière d'une poussée mesurée.

À peine avait-il libéré la poignée que la Chenard & Walcker disparut.

Une 20 CV Aigle mille neuf cent trente-trois, ça ne met jamais longtemps à se changer en souvenir.

GUIDÉ PAR LA BOUSSOLE DE L'HABITUDE, Berland marchait en regardant droit devant lui.

L'imprévu, il le savait, surgit en général plutôt des côtés, de préférence des bas-côtés, et l'imprévu, Berland préférait toujours éviter d'avoir affaire à lui. Pourtant, une espèce de monticule sur le bas-côté venait de lui tirer l'œil. Son regard se décrocha de devant lui pour aller se poser un peu plus à droite vers le bord de la route, à une vingtaine de mètres, une quarantaine de pas. Il s'approcha et vit les roues d'un fauteuil renversé qui tournaient encore dans le vide.

Sur la route, Failagueule avait slalomé de son mieux entre les ornières. Avec toute cette bouillasse, ça glissait fort. Une roue qui se prend dans un trou, c'est tout le fauteuil qui chavire. Et par en dessous, dans une flaque en plus, la vie qu'est déjà pas bien belle à l'endroit devient carrément chiasse.

Putain, mais comment qu'il s'y était pris pour se retrouver comme ça ? Il faisait pourtant vachement gaffe sur la route. Le plus couillon dans ce malheur, c'était qu'il n'y passait presque jamais personne, en dehors de ces saletés de camions de boue – mais ceux-là, fallait pas espérer qu'ils s'arrêtent. Alors du secours, il risquait d'en attendre des heures, des heures à gigoter, à se tortiller comme un gros asticot pour essayer de trouver une position un peu moins inconfortable, et plus il bougeait, plus cette vacherie de fauteuil l'écrasait, et plus il s'enfonçait dans la bouillasse.

Berland entendit une voix qui venait d'en bas, sous le fauteuil. Une voix différente de celle dont se servent ceux qui se servent souvent de la leur. Une voix qu'on utiliserait à l'occasion, avec parcimonie, quand on ne peut pas faire autrement, quand par exemple on est dans la merde ou dans la gadoue, qu'on y gigote, qu'on s'y tortille, mais qu'on a bien de la peine à s'en extraire tout seul. Une voix de quand on n'y arrive pas et qu'il faut appeler, parce qu'il n'y a rien d'autre à faire.

Comme là.

– À l'aide ! Quelqu'un, bon Dieu, pour me sortir de d'là !

Ça venait de sur le siège, en dessous. Mais pas très fort. Là-dessous, on devait en être arrivé à la conclusion que ça ne servait pas à grand-chose de se donner la peine de crier, parce qu'on savait le passage rare dans les environs, et qu'on pensait que même si quelqu'un passait et vous voyait, les chances étaient maigres qu'il s'arrête pour vous remettre à l'endroit.

On ne se mêlait pas des affaires, par ici.

En plus, ça glissait, et un gars avec un fauteuil autour du cul et la tête au fond d'un trou, ça pèse. En essayant de l'aider, on risquait fort de se retrouver en moins de deux à genoux ou à plat ventre, aussi engadouillé que lui. Tout merdeux.

Et peut-être même obligé d'appeler à l'aide à son tour.

Ça n'incitait guère à l'entraide. De toute façon, ce truc-là ne se pratiquait guère.

Mais bon, des fois – on ne saurait l'expliquer – il arrive ce qu'on voudrait.

CE QU'IL DISTINGUA EN PREMIER, Failagueule, c'est les clous. Les clous aux semelles des souliers près des roues de son fauteuil. Des clous, ah, bordel de bordel, il n'y aurait pas pensé ! Quel con il faisait, des fois. Cette blague : c'est ça qu'il lui aurait fallu, des clous. Ça lui crevait les yeux maintenant. Avec des clous, on glissait pas dans la bouillasse, on tombait pas dans les fossés. D'accord, c'était pas des beaux clous, pas des clous pour clouer, des à planche, ou de marine ; ils étaient rouillés et il en manquait, mais ils accrochaient, ces clous-là, ça se voyait au premier coup d'œil.

Même d'en dessous.

Ils plantaient bien dans la glaise, ces clous-là, on pouvait appuyer dessus. Des bons clous d'arpenteur, exactement ceux qu'il fallait pour remettre à l'endroit un fauteuil roulant basculé dans la gadoue.

L'ombre d'un doute vint assombrir l'optimisme de Failagueule. Comment ils allaient réussir à ne pas s'enfoncer encore plus, à deux ? Mais le gars avait pris le temps de s'ajuster, d'assurer son équilibre, de le tenir, et il avait fini par remettre d'aplomb le fauteuil.

Un type à poigne, celui-là.

À présent il s'agissait de remercier. Failagueule se fendit d'un « Bien aimable, merci ». Ses moufles étaient pleines de boue, trop collantes pour qu'il les ôte.

Les poignées de main, hein…

– De rien, c'est tout naturel. Bon, ça a l'air d'aller, répondit l'autre avant de se remettre en chemin. Je vais vous laisser, maintenant.

Et il l'avait laissé.

Tant mieux.

Même avec de la boue sur ses lunettes noires, Failagueule l'avait reconnu, le secourable. Un gars qui habitait la maison pas très loin de la sienne. La seule. Plutôt une cabane. Il l'apercevait de temps à autre, quand il sortait sur le chantier pour apporter la gamelle à ses chiens ou quand il se tenait dehors à rafistoler le grillage.

Et à l'heure des poubelles quand on les ramassait encore.

Fallait reconnaître qu'à part ses gueulards de chiens c'était pas du mauvais voisinage, qui se serait mêlé, ou pire, qui serait venu vous faire chier à bavarder.

Tant mieux. Les langues pendues, c'est pas souhaitable, surtout celles des voisins. Les voisins… On met le nez dehors un matin et on en trouve là, poussés comme de mauvais champignons. Ils s'installent, et après, allez donc vous en débarrasser.

Trop de gens, songeait souvent Failagueule. Les emmerdements, c'est souvent habillé en gens. En bavards.

Le voisin n'était jamais sorti lui parler, même quand Failagueule passait en fauteuil devant le chantier.

Berland, il s'appelait. C'était écrit sur la boîte au bord de la route. En faisant ses tractions du matin, Failagueule avait vu par la fenêtre le facteur mettre quelque chose dedans. C'était pas souvent. Jamais de visite non plus, le voisin. Ah si, l'autre jour, une camionnette.

Mais qu'était pas restée longtemps.

Berland n'avait pas l'air d'un gars qui aurait perdu son temps à parler.

Il l'avait vu des fois au Cran d'Arrêt. Plutôt le gars qu'on n'entendait pas. Quelques mots avec le patron au comptoir, jamais plus.

Bien suffisant.

Pour tout le monde.

EN LA VOYANT ARRIVER AVEC SA PELLE, le corbeau perché sur la tête bouclée d'un ange lâcha sa proie. D'ordinaire, les humains ne lui faisaient ni chaud ni froid, les humaines encore moins. Il lui en fallait davantage pour interrompre son repas. Mais là, avec cette pelle qu'elle tenait à deux mains comme une qui a l'habitude de l'outil, il n'excluait pas la possibilité qu'elle projette de lui en foutre un coup dans le plumage. Ça n'était pas une grosse perte, elle n'était pas très appétissante, cette boulette noire qu'il avait dégottée dans le bois en fouillant la terre. Un bail que c'était enfoui là-dessous, ce machin-là, des années sûrement, des années et des années. Gelé, congelé, pétrifié, plus d'odeur. Un gros caillou. Valait pas un coup de pelle. Il aurait dû rester dans le Bois, même si on s'y emmerdait faute de distractions, mais bon, une petite visite au cimetière, quand on est corbeau, ça peut pimenter l'ordinaire.

Mésange posa sa pelle contre le granit de la tombe et

adressa de la tête un petit salut amical à l'ange, qui resta de pierre. Pas de marbre, on n'était pas dans un cimetière huppé. Elle se baissa pour examiner ce que le corbeau avait abandonné. Arrondi, brun foncé, un hérisson sur la défensive, mais sans épines. En se penchant plus près pour l'examiner, Mésange frotta la terre qui entourait l'objet et découvrit cinq doigts recroquevillés à l'intérieur de ce qui avait dû être la paume d'une petite main. Le corbeau l'avait sans doute apportée là pour la grattouiller en douce sans être dérangé.

Pas de chance.

Mésange se souvint de l'histoire que racontait Comdinitch, l'histoire sans fin. Elle fourra la petite main dans la poche de son manteau et s'avança jusqu'au bord de la fosse qu'elle devait achever de creuser aujourd'hui. Avec tous ces départs, la demande avait fondu. Faute de morts frais, il n'y aurait bientôt plus personne à enterrer. Et puis peut-être que le temps n'était plus éloigné où la boue qui recouvrait déjà les routes commencerait à recouvrir les gens. Alors là, plus question d'enterrer. Ça n'aurait aucun sens, d'aller ressortir les morts de sous la boue pour les mettre sous la terre. Plus besoin de fossoyeuse.

Mésange n'avait pourtant pas envie de passer toutes ses journées au Cran d'Arrêt.

Le cimetière la changeait. C'était la campagne, avec des oiseaux sur les branches, des écureuils, des souris, des hérissons, et tous ces arbustes. Ça lui plaisait de creuser, de respirer les parfums de terre remuée, toute peuplée de vers gras qui se tortillaient pour se dégourdir un peu les anneaux et prendre un petit bol d'air avant de redescendre chez les taupes. Pas de la terre à boue, celle-ci, elle ne vous poissait pas les bottes, non, de la terre à légumes, de la terre à oignons, qui ne se trouvait pas n'importe où.

Comme celle du jardin de son père.

Quand elle descendait aplanir le fond d'une fosse, seule sa tête dépassait du trou, et Mésange aimait regarder le monde à hauteur de mulot. Dans ce cimetière plat comme une poêle à crêpes, elle découvrait dans les allées, entre les tombes et au pied des vieux murets d'enceinte, les chardons, les pissenlits, le plantain, toutes les mauvaises herbes, de près, par en dessous, baignées de modestes senteurs, celles qui ne montent jamais bien haut.

Mésange sortit la main de sa poche et la déposa doucement sur le bord de la fosse, paume vers le ciel, pouce à gauche. Avant de la cacher là, sous une couche de terre où les corbeaux ne viendraient pas la chercher, elle la considéra de nouveau un instant, curieuse. Une main de femme, de celles qui avaient fait de la dentelle, brodé des initiales, joué du piano, rédigé des billets doux, tout ce que les femmes faisaient avec leurs mains jadis, quand on ne leur permettait pas de devenir boxeuses, aviateuses ou fossoyeuses, quand on veillait à empêcher les mains oisives de faire l'ouvrage du diable. Et d'autres choses aussi, mais qui ne vous regardaient pas.

Si la main avait pu parler, Mésange se serait volontiers assise au bord de la fosse pour l'écouter, mais à cette heure, tout ce qu'elle pouvait lui offrir, c'était un petit lit de bonne terre. Elle n'en parlerait à personne. Même pas à Comdinitch. Des histoires, il en avait bien assez comme ça. Celle de la main, c'était la préférée de Mésange. Parce qu'elle n'avait pas de fin, justement, à cause du bout qui manquait.

Mésange s'éloigna de la fosse et remonta la petite allée au milieu des tombes délaissées. Près de la grille rouillée, elle fit halte comme à chaque visite devant la pierre blanche.

ROSE MADOVAL

Gravé au-dessus de deux dates qui creusaient dans l'éternité une niche de vingt-huit discrètes années. Mésange ne se souvenait pas de sa mère, mais petite fille, elle avait maintes fois entendu son père lui raconter comment, en la regardant téter, un soir, il lui avait soudain vu la bouche rougie. Plus de lait dans ce sein, du sang. Rose était morte quelques jours après. C'était avant le Docteur, son prédécesseur n'était pas encore parti. Très tôt, Mésange avait voulu connaître la terre où dormait sa mère. Madoval avait prié Tremblote, le fossoyeur, d'y mener Mésange. Tremblote connaissait tous les secrets de la terre du cimetière. Il l'avait racontée à Mésange, la lui avait fait toucher, humide ou poussiéreuse selon les saisons. Petit à petit, au fil des années, en vidant au soleil les litrons qui réconfortent l'homme de peine, Tremblote lui avait montré le métier. « Sur le tas », comme il aimait à dire quand il pouvait encore se tenir debout au zinc, avant que sa carcasse d'ivrogne ne le lâche, avant de ne plus pouvoir parler, avant de n'être plus bon qu'à siroter du blanc au bout d'une paille.

Au pied de la tombe, dans la petite vasque, un fier pissenlit semblait veiller sur le sommeil de Rose. Mésange lui sourit, se redressa et ramassa sa pelle. Qui sait, si la vie devait un jour la mener ailleurs, Mésange pourrait toujours l'emporter. Quand on a un métier dans les mains, on n'est jamais en peine. Elle poussa la grille, qui grinça sur son passage un discret adieu.

ORPHELINS DE VACHES OU DE MOUTONS, les prés avaient tourné gris. Au bal de la bourrasque, le chiendent et l'armoise dansaient sans entrain, deux ou trois petits tours avant d'aller semer leurs mauvaises graines au creux des mottes épuisées.

Indifférents, quelques hangars abandonnés aperçurent peut-être Berland cheminant solitaire au loin, de son pas régulier.

Un demi-mètre.

Passé le Bois, le cimetière et quelques rares façades au crépi croûteux, en continuant par là, on tombait sur le Cran d'Arrêt.

Berland racla les bords de ses souliers avant de pousser la porte vitrée. Il fut accueilli par un capiteux fumet d'oignon. Été comme hiver, les familiers effluves vous écarquillaient les narines. Avant qu'il ait eu le temps de refermer derrière lui, un barbu coiffé d'une casquette à carreaux sortit en maugréant et s'éloigna sur le pavé boueux.

Dans la salle, à cette heure matinale, nul client hormis un petit vieux, attablé tout seul à un guéridon bancal, qui sirotait son muscadet à la paille, incapable depuis longtemps de lever le coude sans s'en foutre partout. Pauvre vieil arsouille, avec cette trogne il avait pourtant dû en dompter des verres, dans sa vie. Mais à la longue, c'était eux qui avaient gagné. Il s'en posait toujours d'autres là sur le guéridon, qui ne s'attardaient pas, fallait laisser la place aux suivants. Pas revanchard, Tremblote fixait son blanc avec un sourire attendri, comme s'il rêvait devant un bocal à souvenirs.

Qu'est-ce que ça peut raconter un verre de muscadet ?

Berland, en tout cas, il l'avait pas, le tremblement. Un jour peut-être ça viendrait, mais même pas sûr. Il ne buvait pas plus que ça, et puis il paraît qu'y en a qui l'ont jamais. On n'est pas tous faits pareil. Qui avait dit ça, déjà ? Le Docteur ou Comdinitch ? De toute façon, si fallait que ça vienne, ça viendrait, voilà tout. À ce moment-là, s'il avait toujours soif, il ferait comme l'ancêtre, à la paille. On trouve toujours des moyens. Il n'avait pas l'air si malheureux, le vieux. Pour l'instant, tant qu'il renversait pas…

Berland s'approcha du comptoir.

– 'jour.

– Tiens, répondit Madoval en levant les yeux de ses mots croisés, c'est-y pas Berland, à c't'heure ? Tu t'en viens nous faire un petit coucou ? Ça fait une paye, dis donc.

– Une paye, ouais, répéta Berland.

– Une sacrée, même, non ?

– Sacrée, ouais…

– Toujours aussi bavard. Alors, quoi de neuf au chantier ? Toujours pareil ?

– Pareil, ouais.

Berland ôta son bonnet et le fourra dans sa poche.

– Et qu'est-ce qui t'amène ? demanda Madoval.

– À faire, l'informa Berland. Je suis pas ton premier client on dirait, remarqua-t-il en indiquant du menton une tasse vide sur le zinc.

– Non, fit Madoval. Les premiers c'est les chauffeurs des cars. De ceux-là, j'en vois, depuis quelque temps, un vrai carrousel. Et ils ne traînent pas. Ils ne manquent pas d'ouvrage en ce moment avec tous les départs. Paraît que la Direction n'arrête pas d'embaucher. Ils ne roulent pas à vide, leurs bazars… À ce train-là, ça va bientôt ressembler aux taxis de la Marne, de l'autre côté.

Madoval pointa vers la tasse.

– Et celui-là, que j'avais jamais vu. Il voulait téléphoner.

– Mais chez toi, on peut pas.

– Ben non, on peut pas. Je lui ai dit.

– Ah, c'est pour ça qu'il avait l'air contrarié en sortant, observa Berland, parce qu'il n'y a que la cabine.

– Ah, pour ça, ça fait un bon débarras. Que du

va-et-vient, c'était, le téléphone. « Patron, un jeton ! » par-ci, « Patron, un jeton ! » par-là, un vrai défilé, et même pas de merci. Et les impatients qui s'engueulaient à travers la porte avec ceux qu'en finissaient pas à l'intérieur. Alors un jour, ni une ni deux, je leur ai dit de venir le reprendre, leur téléphone. Le lendemain, deux moustachus en camionnette, et hop, plus de téléphone. Comme ça, au moins, j'ai la paix.

– Et t'as plus les jetons.

MADOVAL scruta un instant le visage pensif de Berland.

– À quoi tu penses ?

– À rien. Enfin, j'essaie…

De sa pogne experte, Madoval fit plonger la tasse vide dans le bac à vaisselle tandis que l'autre passait un bref coup de torchon sur le zinc. Il posa un verre devant Berland et produisit de sous le comptoir un litre de réserve tout neuf. Apparut ensuite, extrait d'une poche de son gilet noir, un tire-bouchon à ressort. Il perça le liège, y vissa sans appuyer l'extrémité du tire-bouchon, en prenant garde de ne pas aller trop loin, puis étira les croisillons chromés. Docile, le bouchon se laissa hisser.

De son côté du comptoir, Madoval mesurait le temps à sa façon. Pour bien faire les choses, il convient de ne rien hâter. Sortir un bouchon, c'est un peu comme extraire une molaire, faut rien brusquer, ménager le goulot, qui est, pour ainsi dire, la gencive de la bouteille.

L'opération demande du doigté, de la finesse, en un mot du métier.

D'un mouvement souple du poignet, il inclina la bouteille et remplit le verre de Berland.

– 'Gad' donc, fit-il en pointant un index boudiné vers la bouteille, celle-là, elle s'est ouverte rien que pour toi, petit veinard, parce qu'elle te trouve sympathique. Un vin, moi je dis qu'il a ses têtes. Un vin, si tu lui plais pas, il tourne vinaigre. J'en ai assez ouvert, des bouteilles. Des râteliers entiers. Goûte-moi donc celui-ci, tu m'en diras des nouvelles.

Mais ce matin, les nouvelles, elles se trouvaient plutôt dans sa poche, à Berland. Le papier jaune occupait toute la place. Dans sa tête aussi.

– Alors comme ça, tu vas en ville ?

– Ouais.

Madoval ne fit pas de commentaire, mais Berland se doutait que le patron n'allait pas en rester là. Il avala une gorgée et se mit en devoir d'ajouter :

– J'ai reçu une convocation. Là, dans ma poche... De la Direction, précisa-t-il.

– Qu'est-ce qu'ils te veulent ?

– Je suis pas bien sûr, mais à mon idée, y a des chances que ça ait à voir avec les chiens.

– Ceux du chantier ?

– Y a eu des plaintes. Je me demande bien de qui, on n'est pas nombreux par là-bas. Des gars sont venus l'autre jour, avec des moustaches et une camionnette, pour me dire de faire quelque chose, mais j'ai rien fait. Ou plutôt, j'ai fait rien. Alors ce coup-là, je suis sûr que c'est pour m'annoncer qu'ils s'en chargent.

Une autre gorgée. Vrai, il était bon.

– En somme, t'es convoqué ? résuma pesamment Madoval.

– Ben oui, dans ma poche.

– Fais voir.

Berland tendit le papier jaune à Madoval.

– Ah oui. Ça te convoque, pas de doute. Le quinze.

– Le quinze, confirma Berland. Aujourd'hui.

Madoval hocha la tête.

– Et les chiens ? demanda-t-il, ils vont les embarquer ? Comme ça, hop, en voiture ?

– En camionnette.

– Ce qu'ils vont leur faire, tu le sais, non ? Tu peux pas les laisser faire ça aux chiens. Après tout, ils sont là pour le travail, les chiens, on va pas te les embarquer comme ça. Ils travaillent dur ces chiens-là, non ? Je m'goure pas ? Ils aident.

– Ah ! on peut pas dire, fit Berland, ils rechignent pas à la besogne. Mais y a eu des plaintes, ça serait du danger... Et qu'ils gueulent trop.

– Ils gueulent, ils gueulent, faut pas exagérer, ils gueulent tout de même pas tant que ça.

– Ben quand même, concéda Berland, c'est des chiens qui gueulent. C'est des chiens de garde, alors ils gueulent.

– Pardi, c'est normal, mais ils gueulent pas tout le

temps. Seulement quand il faut, quand y a d'l'approche, non ? Ils font leur boulot de chiens.

Madoval réfléchit une seconde.

– Au fait, c'est quoi déjà comme chiens ?

Berland réfléchit aussi une seconde.

– Comme chiens ?

– Ouais ?

– Des rares.

– Si on vient à voir, reprit Madoval, à part les camions, du passage, il ne s'en fait pas tant par là-bas. Alors si c'est pas juste pour faire chier, on se demande pourquoi ils vont aller leur chercher des puces, à tes chiens. T'as pas une idée de qui c'est ?

– Qui c'est quoi ?

– Qui s'est plaint. Ça serait pas des fois le gars pas très loin de chez toi, le gars en fauteuil ? Y a que lui par là, non ?

– Que lui, ouais... Tiens justement en venant, je l'ai sorti d'un trou. Il avait glissé.

– M'étonne pas. Il ferait mieux de pas s'y mettre, sur la route, celui-là. Avec cette boue, je te jure... Tu l'as ressorti ?

– Même que ça ne m'a pas mis en avance. Mais pour les chiens, qui c'est, je pourrais pas le dire. Avant d'accuser, faut être sûr.

Madoval avait raison. Berland aurait pu en trouver, des arguments, s'il avait dû défendre les chiens et tenter de les garder, mais probable qu'on n'allait pas lui en donner l'occasion. Pas plus cette fois-ci que l'autre, quand les types étaient passés. À la Direction, ils ne perdaient pas de temps en discussions. C'était cuit. Les gars allaient revenir avec leur camionnette et leurs moustaches, et les chiens seraient bons pour le compte. Après, bien sûr, ce ne serait plus pareil.

Sans les chiens.

ASSIS CUISSE À CUISSE comme une paire d'anciens sur le banc d'un jardin d'hospice au réveil de la sieste, les chiens regardaient la route en silence. La matinée pluvieuse avait encore ramolli la gadoue.

Ils n'étaient pas si usés que ça ces deux chiens, même si le poil commençait à blanchir autour de la gueule de celui de droite, le kelpie. Gardien de tas de chantiers un peu partout depuis son plus jeune âge, il en gardait un aujourd'hui, en avait gardé un autre hier, et en garderait un autre encore demain parce qu'ainsi va la vie des chiens de garde.

Garde et regarde.

Depuis le temps, si on le lui avait demandé, il aurait pu en raconter. Il en avait vu, sur tous ces chantiers, des ouvriers et des engins.

Raconter, ça lui aurait bien plu.

Mais qui songerait à demander à un chien de raconter sa vie.

Surtout un chien de chantier.

Des machines, des ouvriers, des sacs de sable ou de ciment, des seaux de béton, des marteaux-piqueurs et des palettes. Rien de bien excitant. Alors, au lieu de raconter, le kelpie aboyait. À peu près tout ce qu'on leur demande, aux chiens de garde…

Le schipperke aussi aboyait volontiers.

Tiens, quand l'autre passait dans son fauteuil roulant, ils s'y mettaient tous les deux.

Pas là.

Là, le schipperke avait l'air songeur. On ne voyait rien sur la route, pourtant on aurait cru en le regardant qu'il voyait, lui, quelque chose, et que ça lui inspirait de la réflexion.

Le kelpie et le schipperke se connaissaient de longue date. Ils avaient gardé beaucoup de chantiers ensemble et ça avait toujours bien collé, entre eux. Plus vieux, le kelpie avait appris au schipperke les petites ficelles du métier, et ils n'avaient jamais éprouvé de difficulté à se trouver des chantiers. Ils faisaient ce qu'on attendait d'eux, pouvaient montrer les crocs, grognaient, aboyaient, montaient la garde, le métier quoi.

Alors on les prenait.

Pas rigolo tous les jours, de garder les chantiers. Des fois on en voit de drôles. Enfin, façon de parler. Des gars qui tombent des échafaudages, qui glissent sous des camions, qui se coupent, qui se brûlent, qui se font écraser ou arracher quelque chose. Tout ça, c'est des cris et du malheur.

Un jour, un type qui s'était penché un peu trop sur une goudronneuse avait été avalé. De l'autre côté, dans le magma, on ne l'avait pas retrouvé. Depuis, le monde roulait sur lui.

Pauvre type.

Et les bagarres. Surtout quand les gars ont bu, qu'ils se traitent de tous les noms dans toute sorte de langues et qu'ils essaient de se taper dessus avec des marteaux, des pelles ou des pioches. Du propre. Mais bon, tout ça devient vite routine. Alors, quand on garde, d'avoir avec soi quelqu'un qu'on connaît, c'est toujours de l'agrément.

Une place très convenable, ici. Le patron les laissait tranquilles. Ils choisissaient eux-mêmes les moments où ils se mettaient à aboyer. Ils arrêtaient quand ils voulaient. Et la soupe était plutôt meilleure que la plupart de celles qu'ils avaient goûtées ailleurs. Le patron n'y mettait pas que le rebut, comme certains. Tout ça, fallait pas cracher dessus. Avec l'âge, un chien de garde apprécie son confort et sa tranquillité. Ici, le schipperke et le kelpie avaient l'un et l'autre.

La belle vie.

ABOYER À PLEINS POUMONS, ça a tôt fait de vous gâter la respiration. Le kelpie avait appris au schipperke à ménager ses bronches. Sur le chantier, pour aboyer presque toute la journée et une bonne partie de la nuit, les chiens se relayaient. De temps en temps, ils s'accordaient une pause comme là, assis en silence, occupés à regarder la boue molle qui recouvrait la route.

Deux camions étaient venus en déverser tout à l'heure. Depuis quelque temps, les camions arrivaient par deux. Pourquoi ça s'accélérait, les chiens n'auraient pas su le dire, mais le kelpie ne flairait rien de bon sous ces amoncellements.

Le schipperke non plus.

Il se leva et courut jusqu'à la grille du chantier. Il y avait du vent à venir, qui sait, de la tempête, et le poil ras ne tient pas chaud. Le kelpie se mit debout à son tour et rejoignit le schipperke à la grille. Toujours rien à l'horizon inhabituellement bas, à part quelques brassées de feuilles mortes que le vent commençait à faire danser. Le moment leur parut propice et ils se mirent à aboyer à gorge déployée. Ils démarraient toujours ensemble et, une fois le larynx chaud, ils ne se ménageaient pas l'organe. Au bout de deux heures, en général, ils s'octroyaient une nouvelle pause et pouvaient garder le silence comme ils venaient de le faire pendant vingt-deux minutes.

Des fois vingt-trois.

Pas ordinaire quand même, ce chantier. La première fois qu'il l'avait vu, le kelpie l'avait pris pour un terrain vague. Une cabane en parpaings avec un toit de tôle percé d'une courte cheminée, et rien autour. Pas de camions, pas d'engins, pas d'outils. Juste une halte, avant de pousser plus loin, jusqu'à un autre chantier, un vrai ? Non. Le patron lui avait montré sa niche, une gamelle pour la soupe, une autre plus petite pour l'eau. Et il l'avait laissé là. Le même soir, à peu près à l'heure de la soupe, justement, il était revenu avec le schipperke. Tu parles d'une surprise ! Les deux chiens avaient été sacrément contents de se retrouver.

Travailler ensemble, ça faisait plaisir.

MÉSANGE POUSSA LA PORTE de la cuisine et vint prendre une tasse propre sous le torchon réglementaire, blanc à bandes rouges, posé sur le percolateur. Pendant que son café passait, elle se retourna.

– Tiens, s'étonna-t-elle, monsieur Berland. Ça fait une paye. Ben, vz'êt' bien matin, à c't'heure, observa-t-elle.

– Tu es déjà là, toi ? Je ne t'ai pas entendue rentrer, intervint Madoval.

– Des bricoles à finir, dit Mésange. Pas grand-chose, il n'y a plus beaucoup d'ouvrage là-haut.

– Il est convoqué, expliqua son père, qui n'aimait guère parler de là-haut.

Mésange prit une épingle dans la poche de sa blouse, la planta dans la pelote blonde de son chignon et du bout des doigts s'assura que rien ne bougeait. Elle but une gorgée de café, et reposa sa tasse à côté du ballon de Berland.

Mésange devait mesurer un mètre soixante-deux,

peut-être trois, et peser dans les quarante et un kilos et demi, mais ces choses-là ne se demandent pas. En tout cas, la fortune lui avait souri. Elle n'avait pas hérité des traits lourds de son père. En plus d'une silhouette élégante, d'un visage bien dessiné, d'une paire d'yeux émeraude, la bouche aux lèvres un peu gourmandes de Mésange lui conférait une beauté avenante dont le constat depuis quelque temps procurait au Cran d'Arrêt un agrément fort bienvenu.

– T'as épluché les oignons pour le hachis ? demanda Madoval à sa fille.

Il se tourna vers Berland.

– Ce midi, y a hachis. Avec des oignons du jardin, ajouta Madoval en confidence.

Madoval cultivait ses oignons. Deux trois autres légumes, aussi. Il ne voulait pas que ça s'ébruite. Depuis quelque temps, le coin commençait sérieusement à se vider. Des boutiques avaient déjà fermé faute de clients, et plus d'un par ici s'était mis à assurer son propre ravitaillement.

– À ta place, j'en profiterais. M'étonnerait pas que le boucher aussi prenne le car un de ces jours. Et là, le hachis… Un autre ? demanda Madoval en adressant au ballon de Berland une question superflue. Tu remarqueras que je dis pas « pour la route ». La route, t'en viens, pas vrai ?

– En vitesse, alors. Faut que j'y aille. Il m'a mis en retard, le fauteuil.

– Quel fauteuil ? fit Mésange.

– Celui d'un gars que j'ai aidé à sortir du fossé.

– Le fossé ? demanda Mésange. Où ça ?

– Sur la route, pardi, pas très loin du chantier. Un gars en fauteuil roulant.

– Ah, Failagueule. C'est vrai, vous êtes voisins.

– Voisins, voisins, disons qu'on s'aperçoit. Nous là-bas, pour ce qui est de voisiner…

– CETTE BOUE SUR VOTRE CAPOTE, dit Mésange, c'est le fossé ?

– Pas seulement. Y'en a tellement de la boue, même sur la route, on patauge dedans.

– C'est vrai, dit son père. Tu peux pas y aller comme ça, tout croûteux. Viens par là.

Madoval accompagna Berland jusqu'à la cabine du téléphone, au fond, à côté des chiottes.

– Eh ben ouvre, tu sais donc plus comment on fait ?

Berland tira sur la poignée. Derrière la porte de verre dépoli, toute une brocante de parapluies, de boîtes en carton et de fripe, des vestes, des foulards, des chapeaux, et cinq ou six manteaux d'homme et de femme endormis les uns sur les autres attendaient un improbable coup de téléphone.

– Oublié, tout ça, fit Madoval. Cueilli au porte-manteau ou sur le dossier des chaises. Fou ce que les gens laissent derrière eux quand ils sont pressés ou qu'ils ont la tête ailleurs. De la clientèle de passage... Autrefois... Mésange veut jamais qu'on les jette, elle prétend que ça peut servir, ou qu'un jour ils reviendront les chercher. Mais des revenants, on n'en voit pas souvent. Tiens, dit-il en tendant à Berland un épais manteau marron à larges revers qu'il venait de tirer de la pile. Il devrait t'aller.

Berland n'avait pas très envie d'ôter sa capote. Il y était habitué, et la perspective de s'en séparer ne lui disait rien. D'un autre côté, ils avaient raison, elle ne lui donnait pas l'air très appétissant, cette vieille pelure. Et ce matin, il valait mieux s'habiller un peu. Il se débarrassa de sa capote, la posa sur une chaise et enfila le manteau.

– Pas mal, apprécia Madoval. Qu'est-ce que tu en penses, Mésange ?

– Ah ça vous change, m'sieur Berland, c'est sûr, lança Mésange depuis le comptoir. Ce manteau-là, pas à dire, il vous habille.

– Prends-le donc, conclut Madoval.

Berland hésita.

– Vas-y, ça me débarrasse. Regarde-toi un coup dans la porte, là, la glace.

Berland ne se regardait jamais. Dans la cabane du chantier, un petit bout de miroir suffisait, assez pour se raser au-dessus de l'évier. Ce que lui renvoyait la porte serait assez bien pour se présenter à la Direction. Il retira le papier jaune de sa poche de capote, le glissa dans la droite du manteau puis fit de même avec son bonnet.

– Comme ça pas de doute, dit Madoval, t'es prêt pour l'autre côté.

– Oh tu sais, s'il y en avait qu'un, de côté, ça m'irait aussi bien. J'aurais pas besoin d'aller voir l'autre.

Madoval réfléchit un instant.

– Ouais, mais il en faut un, sinon, ceux qui y sont, tu les mettrais où, toi ?

– Ailleurs. C'est pas la place qui manque, ailleurs.

– C'est pas une question de place, dit Madoval. Et puis ailleurs, d'après les chauffeurs, ça commence à se remplir.

– Où ils vont les cars ? Ils te l'ont dit ?

– Je leur ai posé la question, figure-toi. D'après eux, ça dépend du car.

– Pas des chauffeurs ?

– Là, tu m'en demandes trop. Mais il paraît que maintenant y a des chauffeurs qui partent et qui ne reviennent pas.

– On aimerait savoir pourquoi, intervint Mésange.

– Pourquoi quoi ? fit son père.

– Pourquoi ils partent. Tu le sais toi, papa, ce qui les fait partir ?

– Non. Et toi ? demanda Madoval à Berland.

– Moi non plus j'en sais rien.

– Si ça se trouve, dit Madoval, il y en a un ou deux qu'ont commencé à partir un matin, un ou deux autres qui les ont vus et qui se sont demandé pourquoi ils feraient pas pareil.

– Feraient quoi ? demanda Mésange.
– Pareil.
– Alors pour toi, ça serait du fil en aiguille ?
– Je dis pas que c'est sûr.
– Bon, coupa Berland, moi, où je vais, je le sais. Pas envie d'y arriver en retard.
– T'entends ? demanda Madoval à sa fille. C'est important l'heure quand on a des choses à faire. Tiens, prends midi : c'est midi, c'est pas avant et surtout pas après. À midi, les clients, on doit pas les faire poireauter. Là tout de suite, ce qui poireaute, c'est les oignons. Les oignons qui ne vont pas s'éplucher tout seuls, conclut-il en indiquant du menton la direction de la cuisine.

Mésange vida sa tasse et l'abandonna sur le comptoir pour repasser la petite porte.
– C'est malin une porte à battant, observa Berland, ça ne claque pas.
– Tu vois, jamais fermée ni ouverte. Une idée à Rose. Et pratique. Une porte fermée va-t'en donc lui baisser la poignée quand t'es chargé d'assiettes ou que t'as des bouteilles plein les mains.
– Faudrait un bras de plus.
– Et c'est tout de même une vraie porte, avec un devant et un derrière. Tiens, en me voyant sur mon tabouret, tu dirais que je suis devant, non ? Mais de l'autre côté, quand elle épluche, Mésange, c'est elle qui l'a devant, et derrière, c'est nous.

VOIR MÉSANGE PLEURER, ça les aurait attristés. Alors les oignons se débrouillaient pour ne pas lui faire venir de larmes.

Son père, lui, pleurait de tous ses yeux, en épluchant. Mésange se souvenait des grosses larmes lentes sur les joues mal rasées quand elle était assise toute petite et toute seule avec lui dans la cuisine. Il pleurait beaucoup, Madoval, en ce temps-là, et ces larmes qui s'attardaient sur ses joues, les bulbes n'y étaient pas pour grand-chose.

À présent, l'épluchage, c'était Mésange.

De la pointe d'un couteau attentif à ne pas les déchirer, elle tirait une à une les premières peaux. Sous ses yeux, les oignons complices livraient alors les secrets de leur palette enchantée. Ils la régalaient de leurs couleurs tendres, bleu diaphane du petit matin, rose crépuscule avec un peu d'orangé, rouge veiné de violet. Puis venait le temps de trancher de fines lamelles, de les hacher menu-menu et de les apprêter comme de jeunes promises pour les épousailles avec les pommes de terre.

Les oignons, Madoval se contentait de les cultiver. Et pour ce qui était de s'en contenter, ça le rendait drôlement heureux. Il suffisait de le voir, un sourire gourmand aux lèvres, sortir d'un petit sac, comme un enfant ses précieuses billes à la récré, les jeunes bulbes gonflés de sève, pour les planter un à un, en rang, pas trop profond, pas trop rapprochés, les confier à la terre du jardin au moment où, perchées sur les fils au-dessus du Cran d'Arrêt, se rassemblaient les hirondelles.

Quand un beau matin, les premières annonçaient leur retour, Madoval serrait sa ceinture de flanelle et s'inclinait très bas dans une allée du petit jardin pour sortir le premier oignon de sa nouvelle récolte.

Au Cran d'Arrêt, le retour des hirondelles ouvrait la saison du hachis.

Mais à présent, sur les fils, les hirondelles se faisaient rares. Au printemps dernier, il n'en était presque pas revenu. En regardant dehors dans tout ce gris, ce brun, ce moche, Mésange se demandait si au train où ça allait désormais, elle en reverrait une.

– Après, tu reviens, hein ?

– Je repasserai, promit Berland. Après.

– Ouais, tu nous raconteras, on boira l'coup, répondit Madoval. Et t'auras qu'à rester pour le hachis. Il est pas mauvais son hachis, à la petite. C'est sa mère qui y avait appris à le cuisiner.

– J'en ai déjà mangé de son hachis, dit Berland.

– À Rose ?

– Non, à Mésange, corrigea Berland.

– Je me disais aussi… Alors si tu le connais, je t'en dis pas plus. Et puis, ajouta néanmoins Madoval, le hachis ça passe tout seul, pas besoin de mâcher.

Berland vida son verre. Il était temps de ne pas s'attarder.

– Et les oignons, tu nous en diras des nouvelles, prédit Madoval.

Mais il se souvint qu'il en avait déjà parlé. Les oignons, point trop n'en faut. Les siens, ça ne regardait pas les gens.

Il escamota le verre vide, la tasse, et passa un coup de chiffon sur le zinc.

– D'accord, si je peux.

Berland retraversa la salle, adressa au passage un signe de la main au petit vieux qui du bout de la paille lui rendit son salut, et sortit.

Et pourquoi il pourrait pas ? songea Madoval en faisant disparaître la capote dans la poubelle sous le comptoir.

SUR CETTE ROUTE plate comme une peau de tambour, le facteur pédalait en repensant au matin. Depuis quelques jours, il remarquait par-ci par-là de petites flaques boueuses sur la route. Rien de bien méchant, mais quand même, prudence, gaffe aux glissades. Un pays a beau être plat, on n'y pédale pas n'importe comment.

Si ça n'avait pas été le jour de lui porter sa pension, à ce type, il n'y serait pas allé, par là-bas. Parce qu'entre nous, chez ce client-là, on n'avait pas envie de s'attarder. Ça ne coûtait pourtant guère d'être un peu aimable, un peu causant avec le monde, comme les autres, ceux qui guettaient le facteur et son sac de pensions. Celui-là, « bonjour » lui aurait gercé les lèvres. Quant à « merci », on pouvait repasser. Et pour ce qui était du petit verre histoire de vous requinquer un peu après l'ascension, même pas la peine d'y penser.

Il se trouvait bien bon d'être allé chercher le Docteur. Maintenant, le retard dans sa tournée, qui est-ce qui devait pédaler double pour le rattraper ? Allez donc rendre service après ça, j't'en fiche, oui. Sans compter qu'il allait devenir un mauvais souvenir, le facteur, comme souvent quand on aide les gens. Quand ça va mieux, ils préfèrent vous oublier. Pas la faute au facteur tout de même si ça lui tombait dessus le jour de sa pension, à celui-là. Trop bon, le facteur. Sans lui, qui est-ce qui l'aurait entendu gueuler dans son lit, hein ? Tout de même, une chose pareille, on n'aimerait pas qu'elle vous arrive.

Pédaler, ça aide à comprendre.

– LES CONSULTATIONS SONT…

Le Docteur leva les yeux de sa revue.

Le facteur, casquette à la main, se tenait sur le seuil du cabinet, dans une espèce de garde-à-vous comique troupier.

– Faites excuse, Monsieur le Docteur, mais c'est urgent. Un qu'est paralysé. Je me rendais chez lui, du côté du chantier, si vous voyez où je veux dire, pour sa pension, et en arrivant je l'ai entendu par la fenêtre qu'était ouverte. Chance que ça ait été aujourd'hui, le jour où je lui porte sa pension. « Le docteur, qu'il criait comme ça, va le chercher, vite ! » Il gueulait par la fenêtre pour que je vienne vous chercher. Il disait que ça pressait, qu'il était paralysé. Du bas, même, qu'il a dit, Docteur. Alors, je suis venu tout de suite vous le dire, parce que lui il peut pas, vu qu'il est paralysé du bas.

Le facteur répétait « paralysé » comme s'il essayait de

conjurer le sort, comme si « paralysé » courait derrière lui pour lui mordre les mollets.

– J'ai fait aussi vite que j'ai pu, mais vous n'imaginez pas comme ça glisse sur la route, des flaques.

– Des flaques ?

– Oh, des petites, mais glissantes, vous voyez, de la boue…

– C'est qui ?

– Comme je vous dis, un qu'habite pas loin du chantier, après le Bois. Vous voyez où je veux dire ?

– Je vois, fit le Docteur. Il n'y a pas beaucoup de monde dans ce coin-là.

Le facteur hocha la tête.

– Du monde, par là, beau temps qu'il n'y en a plus beaucoup. Avant, il y avait le Bois, mais c'est fini. Qu'est-ce qu'on irait y faire ? Enfin, c'est une maison. Après le chantier, si vous voyez.

Le Docteur l'interrompit.

– Je trouverai, dit-il, ne vous inquiétez pas. J'y vais tout de suite, avant qu'il se remette à pleuvoir.

– Ah, vous avez remarqué, Docteur. Le temps tourne plus vite en ce moment. Comme si la saison ne voulait pas s'attarder avant les mauvais jours… Bon, mais de parler, ça ne va pas vider mon sac. Allez, mes respects, Docteur.

Abandonnant l'éclaté d'un cylindre sur la double page de la revue ouverte, impudique, sur son bureau, le Docteur enfila sa veste et sortit à son tour.

AU MOMENT DE SE LEVER, Failagueule s'était retrouvé bien con.

Si on y avait dit…

Plombé, Failagueule.

Impossible de sortir de son lit. Le haut, il aurait pu, mais c'est le bas qui refusait de bouger.

Failagueule avait eu beau pousser tout ce qu'il avait pu sur ses bras et ses mains, se tirer sur le ventre, enfoncer ses coudes dans le matelas, se soulever les fesses ensemble ou une d'abord et ensuite l'autre, rien à faire. À la fin le bas avait gagné et obligé le haut, qui serait bien sorti pourtant, à rester au lit avec lui.

Paralysé, Failagueule.

Du bas.

En douce, pendant qu'il dormait sans se douter de rien, sa marche avait mis les voiles.

Largué, Failagueule.

Démerde-toi, mon pote, je me casse. Je t'ai assez

transporté, assez baladé à droite et à gauche sans que tu me demandes jamais si ça me plaisait ou pas, eh ben, terminé.

Il s'était retrouvé comme ça.

Couillonné, Failagueule.

Comment qu'il s'était senti con ! En plus, comme il venait de se réveiller, il avait envie de pisser. Par chance il dormait la fenêtre ouverte, et par double chance, on était le premier, le jour de sa pension. Il avait guetté le facteur, et quand il avait entendu son vélo, il l'avait appelé pour qu'il prévienne le Docteur. Il y a des docteurs qui ne viennent pas, mais celui-là, quelque chose lui disait, à Failagueule, qu'il viendrait. Il ne l'avait jamais vu, mais il avait entendu parler de lui au Cran d'Arrêt.

En arrivant, le Docteur lui avait passé une cuvette. Une fois Failagueule soulagé, il l'avait examiné. Il lui avait picoté les cuisses, martelé les genoux, tiré les tendons d'Achille, tâté ci, tapoté ça. Tout ce que la médecine manigance pour essayer de faire remuer les pattes à celui qui ne marche plus, le Docteur le lui avait fait – là-dessus, rien à dire.

Et à la fin, que dalle.

Le Docteur avait conclu l'examen par quelques mots d'encouragement :

– Ne vous frappez pas trop, on ne sait jamais, c'est peut-être provisoire. Faut y croire, au provisoire. Pas de raison que ça ne revienne pas, hein, que ça ne fasse pas demi-tour. Hier, ça marchait, et vous ne vous demandiez pas pourquoi. Alors vous voyez, inutile de vous tracasser. C'est arrêté mais ça peut revenir aussi subitement que c'est parti. Cette nuit, pourquoi pas, pendant que vous dormirez. Un peu comme un moteur qui serait grippé. À votre place, je serais patient, il n'y en aura peut-être pas pour très longtemps. Ce n'est pas si rare, croyez-moi, de remarcher.

Il en avait de bonnes, ce docteur. On n'était pas à Lourdes. À votre place, à votre place… Il aurait bien voulu l'y voir, lui, à sa place.

Paralysé.

Du bas.

– Dans le doute, si ça devait durer, vous ne voudriez sûrement pas rester allongé dans votre lit, hein ? Vous êtes un homme qui bouge, vous, non ? Vous auriez quelqu'un pour s'occuper de vous, en attendant ?

– Personne.

Non mais c'te question, s'occuper de moi ? Ça serait nouveau. S'occuper de moi, je vous demande un peu. Et puis se mêler de mes affaires, tant qu'on y était ? Si chacun s'occupait un peu plus de soi-même et moins des autres, le monde irait moins de guingois.

Abandonnant un instant Failagueule à ses pensées, le Docteur avait, en écartant les bras, mesuré le lit et estimé la hauteur du plafond.

– Ça fait dans les trois mètres vingt, non ?

– Dans ces eaux-là.

– Les poutres ? Solides ?

– Ah ça, pas construit d'hier. Ces poutres, pas de danger qu'on en taille dans les arbres d'aujourd'hui. Pourquoi ?

– Ne bougez pas. Enfin, je veux dire… Je reviens.

De retour sept minutes plus tard, le Docteur avait de nouveau promené son regard sur les poutres, avant de poser, comme d'autres un diagnostic, sa boîte à outils au pied du lit. Soulevant le couvercle de palissandre frappé de ses initiales dorées à la feuille, il avait fait apparaître une perceuse, des mèches, puis s'était mis à l'ouvrage avec entrain. Ça devenait une visite à son goût. Quatre trous dans la poutre, à l'aplomb du lit avec une mèche bois de six – six, ça suffirait, le gars n'était pas bien gros. Maintenant, quatre chevilles du même diamètre. Pourvu que j'en aie encore. Ah ça va, il m'en reste… Je lui visse là-dedans deux paires de crochets zingués. Voyons… Ah, au fond, sous les lames de scie. Qu'est-ce qu'il me faut d'autre ? Deux poulies de quinze… Dans le compartiment du haut, les poulies…

L'opération n'avait pas pris trente minutes. Dans les poulies, le Docteur avait glissé un câble d'acier gainé capable de hisser ou de descendre un objet d'un poids équivalent à celui de Failagueule qui, ébahi, n'en avait pas perdu une miette.

– Pas mal, avait conclu le Docteur après s'être reculé pour juger du résultat. Pas mal du tout.

Puis, à Failagueule :

– Bon. Facile, en somme : vous tirez sur le câble, vous montez, vous relâchez, vous descendez. En tirant, vous allez pouvoir vous asseoir. Une fois assis, vous vous laissez glisser dans le fauteuil. Au début, vous aurez peut-être un peu de difficulté, mais ne vous inquiétez pas, ça viendra vite. Au lit, vous ne pouvez pas y rester trop longtemps, sinon, gare aux escarres. Vous voyez ce que je veux dire ?

– M'en parlez pas, fit Failagueule. À l'armée, j'étais affecté à l'infirmerie. Des estropiés du cul, on n'en manquait pas. Y en avait, leurs escarres on aurait pu rentrer le bras dedans pour faire des marionnettes, alors pas besoin d'un dessin.

– Il faut le faire souvent, vous vous mettez debout en tirant sur le câble et vous restez comme ça pour soulager les fesses.

Le Docteur mima une brève démonstration, puis il rangea ses outils et referma soigneusement sa boîte.

– Il ne manque plus que le fauteuil, dit-il. J'en ai toujours un dans la malle de la Chenard. Il paraît que ça glisse, m'a dit le facteur.

– Ouais. Ça fait quelque temps maintenant qu'on en voit, de la boue. Je me demande d'où qu'elle vient…

LE DOCTEUR avait déplié un fauteuil roulant à côté du lit de Failagueule.

– Un peu d'entraînement, et à vous la liberté.

Failagueule agrippa le câble et entreprit de tirer dessus à deux mains.

Là, bien sûr, avec le câble, c'était autre chose. Un docteur qui faisait ses visites avec une boîte à outils, il devait reconnaître que ce n'était pas courant. Sans parler du fauteuil dans sa voiture. Combien ça allait-y bien pouvoir lui coûter, tout ça ?

Puis, saisi d'un doute :

– Il développe, ce fauteuil, au moins ?

– Pour ça, croyez-moi, il roule.

– Je demande parce qu'ici on est loin de tout.

– C'est vrai, dit le Docteur, si ça continue à glisser, il ne faudra pas rouler trop vite.

– C'est quoi comme modèle ?

– Modèle ?

– Le fauteuil, je me disais que c'était peut-être comme pour les voitures, il y a des modèles...

Il ne va pas se taire à la fin ? Des modèles ! D'accord, tout ce qui roulait ne roulait pas pareil, mais les fauteuils... Le Docteur commençait à s'agacer lorsque, dans une soudaine apparition, il crut voir son Sawyer-Massey étincelant traverser en majesté la chambre de Failagueule, laissant derrière lui, à chaque tour de ses formidables roues aux jantes moletées d'acier et cerclées de pneumatiques sculptés au ciseau, les parallèles parfaites d'une paire de sillons gonflés de promesses de moissons généreuses.

Puis le tracteur disparut, le chrome rutilant de sa cheminée projetant au passage de fiers éclats d'argent contre la faïence ébréchée de la cuvette, sur la table de nuit.

– Non, il n'y a qu'un modèle. Mais, c'est du solide. Il ne vous lâchera pas.

– Ah ben alors... se résigna Failagueule.

Le Docteur se trouvait quand même bien bon d'être venu jusqu'ici, sur cette route dégueulasse.

Heureusement, ça lui avait donné l'occasion de bricoler un peu.

Mésange lui en avait parlé de celui-là, un jour qu'il déjeunait au Cran d'Arrêt. Failagueule, elle l'avait appelé. Sobriquet ou non, on ne l'appelait jamais autrement. On disait toujours Failagueule. Ça lui allait parfaitement.

Failagueule ceci, ou Failagueule cela.

Mais on ne parlait pas de lui très souvent.

Presque jamais.

Le Docteur le regarda.

Au fait, pour le ravitaillement, ça va aller ?

– Avec ça, je vais pouvoir me transporter jusqu'à l'épicerie.

– Quelle épicerie ?

– Quoi ? s'étonna Failagueule. L'épicerie, de l'autre côté.

– Il se pourrait qu'elle ferme, elle aussi.

– Ah ?

– Avec tous ces départs, la clientèle s'amenuise.

– Ah, redit Failagueule, comment on va faire, alors ?

– Eh bien, dit le Docteur, faites comme tout le monde, mettez-vous à la culture, plantez un carré potager. Même assis, ça ne vous empêche pas de bêcher.

– Pour un potager, il faut au moins un jardin.

– Oh, un coin de la cour suffira. En grattant gentiment, vous finirez bien par faire venir un peu de légumes.

Décidément, ce docteur, il avait de la ressource.

– Voilà, je vous laisse. Je vous enverrai ma note.

– Ah, la note… Je vais en avoir pour cher ?

– Pour ce qu'il faut.

– Non, parce qu'avec ma pension…

– Vous devez bien avoir quelques petites économies ?

Failagueule n'avait rien répondu. Quand on abordait la finance, il préférait changer de sujet.

Le Docteur avait écarté le rideau de la fenêtre et

contemplé la route à présent boueuse. Sans se retourner, il demanda :

– Des camions, il en passe beaucoup ?

– M'en parlez pas. Tous les jours. Les camions, par ici, on ne les compte plus. Il en vient même la nuit à présent.

– Et qu'est-ce qu'ils transportent ? Vous le savez, vous ?

– J'en sais rien, dit Failagueule, je regarde pas dans les bennes, mais pour ce qui est d'en passer, il en passe.

Garée devant la maison, la Chenard & Walcker allait avoir besoin d'un sérieux rinçage.

– Le fauteuil, il tiendra, sur la boue, s'il en vient encore ? s'inquiéta de nouveau Failagueule.

– Il devrait… Ne roulez pas trop vite. Et arrangez-vous pour qu'on vous voie.

Failagueule ne dit rien.

Qu'on me voie, qu'on me voie, il en a de bonnes, je ne vais quand même pas m'accrocher une lanterne au cul.

DANS SON LIT, Failagueule avait tiré dur sur le câble. Il montait et redescendait, tirait et relâchait, et l'avait mauvaise. Même le léger souffle d'air qui, à chaque traction, lui soufflait une brise apaisante sous le fondement ne suffisait pas à l'apaiser. Il se fout de moi ce docteur, qu'est-ce qu'il raconte que ça va passer ? Tu parles ! C'est pas un rhume. Elles font pas la grève, mes jambes, elles vont pas se remettre au boulot d'un coup. Faut pas me prendre pour un con. Pourquoi qu'il m'a pas dit qu'elles prenaient des vacances pendant qu'il y était, et qu'elles allaient revenir après ? Non, c'est du final, du définitif. Je le sens bien, va. Ça ne reviendra pas. Vacherie ! Poissé que je suis, bon pour le fauteuil roulant ou pour la rampette, à me traîner comme une limace jusqu'à perpète.

Il se pencha vers la table de nuit, ouvrit le compartiment à pot de chambre, en sortit une bouteille, la déboucha et avala coup sur coup deux lampées de pétrole.

Suivies d'une troisième, ponctuée d'un claquement de langue amer.

Chienne de vie.

Heureusement, en cherchant on pouvait trouver des consolations. Il ne marcherait plus, eh ben comme ça, il sortirait moins, de toute façon il ne sortait déjà pas beaucoup, et il risquerait moins de tomber sur tous ces gens avec leurs histoires sur le trottoir, à l'épicerie, partout, tout le temps. De quoi vous retourner le ventre. Tiens, même quand il allait boire un coup au Cran d'Arrêt, là-bas aussi le plus souvent les histoires que les gens racontaient l'emmerdaient. À part un, des fois, qui se chargeait de parler pour tout le monde. Il fallait reconnaître, il racontait bien, celui-là. Failagueule humecta cette évocation d'un dernier trait de pétrole avant de remiser la bouteille dans le compartiment à pot de chambre.

SANS ENTRAIN, la matinée prenait son quart routinier. De ce côté, passé les jardinets au gazon pelé qui avaient cessé de se demander pourquoi on les avait oubliés, il ne restait plus grand-chose. Décollés des murs délabrés qu'elles avaient dû recouvrir, les lambeaux d'anciennes affiches finissaient de disparaître dans la boue. Berland reconnut l'épicier, affairé à baisser le rideau de fer de sa boutique. Il vit l'homme rejoindre ensuite un petit cortège. D'un pas décidé, tous, valise en main, se dirigeaient vers la gare d'autocars.

Mais où ils partaient ?

Et pourquoi ?

Ça...

Au pied d'une bâtisse accrochée à l'angle opposé de la place comme la dernière dent d'un vieux peigne, un grattoir à semelles faisait le gros dos sur le trottoir. Un écriteau sur la porte indiquait que la Direction n'ouvrait qu'un jour par semaine et avertissait qu'on n'entrait pas sur des semelles boueuses. À l'intérieur, un épais paillasson avait été cloué dans le parquet. Berland y essuya ses godasses, et traversa une grande salle déserte jusqu'à une table et une chaise, unique mobilier du lieu. Une ampoule s'épuisait à dispenser dans la pièce une lumière cafardeuse. Sur une table, la poussière portait l'empreinte d'un sous-main disparu. De l'autre côté, fixée au mur par quatre punaises, une photo aérienne en noir et blanc.

Berland reconnut les vastes parcelles à présent recouvertes de boue, le Bois et, dans un coin, alignées de chaque côté d'une bande sombre, au bord de la route, familières, trois bicoques : la maison de son voisin, une remise et, sur le chantier, sa cabane au toit de tôle.

Il eut un instant l'impression que la boue sur la photo n'était pas tout à fait sèche. Il fit un pas vers le mur, pour aller s'en assurer de l'extrémité d'un index hésitant.

– C'est de la photo molle, vous connaissez ?

Berland se retourna. Venait d'apparaître un personnage râblé, au sommet du crâne dégarni, avec de petits yeux curieux derrière de grosses lunettes aux verres épais, et un manteau très gris boutonné jusqu'en haut. Il tenait à la main une valise verte ceinturée d'une lanière de cuir noir.

– On peut la modifier à tout instant en rajoutant des touches de matière à mesure que le site s'emboue. Très pratique, indispensable… Bon, au moins vous êtes ponctuel. Félicitations. D'ailleurs beaucoup de gens le sont, aujourd'hui. On les comprend, n'est-ce pas ? Il ne faudrait pas rater le car.

L'homme avança jusqu'à la table, posa sa valise et s'assit.

– La convocation, vous l'avez ? demanda-t-il.

Berland fouilla dans sa poche et entreprit de défroisser le petit papier jaune. L'homme l'interrompit :

– Inutile, c'est moi qui l'ai rédigée. Vous l'avez, c'est ce qui compte.

L'homme marqua une pause et scruta le visage de Berland.

– Une pièce d'identité pour aller avec ?

Berland présenta, sur sa carte toute neuve, son visage rasé de près et bien peigné.

Ce coup-là encore, le Docteur avait vu juste.

UN MATIN, au Cran d'Arrêt, Madoval avait profité de la visite du Docteur pour lui demander conseil.

Quand le Docteur passait prendre son vermouth, il offrait une consultation générale, sa tournée à lui. Les habitués du Cran d'Arrêt n'allaient jamais consulter. La plupart déraillaient du foie, mais personne ne s'en alarmait. Le foie, c'est connu, il se soigne tout seul.

Suffit de l'arroser.

– Une carte, Docteur, qu'en pensez-vous ? Avec plusieurs plats, le client pourrait choisir. Ça ferait de la nouveauté.

– La nouveauté, était intervenue Mésange, au Cran d'Arrêt, ça passe mal. Dites-lui, Docteur. Sans compter que j'ai bien assez à faire avec le plat du jour.

– Ta fille a raison, avait tranché le Docteur, inutile qu'elle épluche plus. Mais je suis d'accord, une carte, on en a souvent besoin. Tu en as une, de carte, toi ?

La question s'adressait à Berland, son voisin de coude.

Berland avait tendu au Docteur sa carte d'identité retrouvée, pur hasard, l'autre jour en cherchant un chiffon parmi de vieux journaux et des bouchons dans une caisse sous l'évier. En la dépliant, Berland avait fini de la couper en deux. Depuis, les deux rescapés croupissaient au fond de sa poche.

Là ou ailleurs…

– Alors, si tu en as besoin, hein, si on te la réclame, tu donnes ces deux moitiés de papier délavé ? Vous arrivez à y voir quelque chose ? avait demandé le Docteur à Madoval et Mésange.

Une carte dans cet état, personne n'aurait pu la lire.

Le Docteur, pour les cartes et le reste, on gagnait toujours à l'écouter. Des fois on ne comprenait pas sur le coup, ça faisait des discussions au comptoir après qu'il était parti. Mais à la fin, on finissait toujours par tomber d'accord : le Docteur, il ne parlait pas pour ne rien dire.

Quand on ne savait pas quoi faire, ou comment s'y prendre, on le trouvait.

Alors quand il lui avait dit de la refaire, sa carte, Berland l'avait refaite.

Le Docteur avait rempli les papiers et pris Berland en photo.

À contrecœur, Berland avait quitté le chantier pour venir jusqu'au cabinet. Il se tenait tout raide devant l'appareil, les joues mal refroidies après le passage du rasoir. Un sourire imbécile lui imprimait sous le nez un quart de lune édentée. Le Docteur lui avait prêté un peigne.

– Redresse un peu la tête… Voilà, ne bouge plus. Non, tu ne bouges plus !

Précisons à sa décharge que Berland n'avait pas souvent été pris en photo. Peut-être un jour, il y avait longtemps, tout nu sur un coussin…

Estimant le troisième essai convenable, le Docteur avait empoché les clichés, et ils étaient allés les porter ensemble d'un coup de Chenard & Walcker. Bien calé à l'arrière, au creux de la profonde banquette de velours cramoisi, Berland avait regardé les rues défiler derrière les vitraux de la voiture. En avait-il vu, ce jour-là…

Au Bureau des Cartes, ni une ni deux, on lui en avait fait une sur-le-champ, toute neuve avec la photo collée dessus. De retour dans la cabane, il l'avait épinglée au-dessus de l'évier.

CAPITAL, sur une carte, une bonne photo. Que l'homme en manteau gris assis devant lui scrutait à présent.

– Beau travail, observa-t-il.

Il leva les yeux.

– Bon, fit-il en rendant à Berland sa carte, ne la perdez pas, surtout, on n'en voit pas tous les jours d'aussi réussies. Bien, bien, bien… Ainsi vous voici. Bien, bien…

Il reprit après un silence :

– Mais vous ne savez pas pourquoi ? Je me trompe ?

– Non, dit Berland.

– Non je me trompe, ou non vous ne savez pas pourquoi ? Je vous ai posé une double question, et vous ne me donnez qu'une réponse.

– Non, répéta Berland, non aux deux. C'est à cause des chiens ? hasarda-t-il.

– Les chiens n'ont rien à voir là-dedans.

– Ah tant mieux, fit Berland, parce que… La camionnette, l'autre jour…

– L'autre jour, c'était l'autre jour, non ?

– Si.

– Et aujourd'hui, c'est l'autre jour ?

– Non.

– Nous sommes d'accord. Et aujourd'hui, je vous parle chiens ?

– Non.

– Bon, vous voyez. Ce n'est pas le sujet, les chiens. Ils restent, les chiens. La camionnette ne reviendra pas. Terminé, les camionnettes. Les chauffeurs sont tous réquisitionnés pour conduire les camions. Ou les autocars.

– Ah ? fit Berland, tant mieux.

– Tant mieux, tant mieux, qu'est-ce qui vous fait dire ça ? demanda l'homme, soupçonneux… On vous a fait venir pour vos nouvelles instructions. Elles remontent à quand les dernières ?

– Deux ans, je crois.

– Et qu'est-ce qu'elles disaient ?

– De ne rien faire.

– Exactement. Vous vous en êtes bien tiré, on a vérifié. Les nouvelles, c'est de vous tenir prêt. Les travaux ne vont pas tarder à commencer, dans votre secteur.

– Les travaux ?

– Construction. Et pas qu'un peu. Ça se vide, par ici, les gens partent. Bon voyage. Entre nous, on se demande bien lequel, de voyage, pour où… Vous le savez, vous ? Non, hein. En tout cas, on ne les retient pas. Les gens, ça ne manque pas. Il va en venir, des nouveaux, tout neufs, et qui resteront. On saura s'y prendre… Mais d'abord les grues. Elles arrivent. Pas de temps à perdre. Il faut que les grutiers aient les coudées franches, qu'ils puissent s'y mettre dès qu'ils auront débarqué.

L'homme ouvrit le tiroir de la table, en sortit une enveloppe brune qu'il tendit à Berland.

– Vos instructions. Elles sont claires, c'est moi qui les ai rédigées, comme la convocation, c'est vous dire. Suivez-les à la lettre. Rien de compliqué, vous verrez. J'espère que ça vous conviendra. Sinon, c'est pareil. Bon, je vous laisse, conclut-il en se levant.

Il se retourna, décrocha du mur la photo molle, la roula, la mit sous son bras et revint prendre sa valise.

– Ne traînez pas, dit-il en sortant. On ferme.

BERLAND AVISA UN BANC ÉPARGNÉ. Si ça continuait à se vider, par ici, la pigeonnaille citadine suivrait, mais pour l'heure, question bancs, il importait de rester vigilant.

Ces instructions, Berland en était sûr, ne se lisaient pas debout.

L'enveloppe sentait très fort l'urgent.

Subreptice, insidieux.

Après deux années occupées à ne rien faire sur le chantier, l'urgent lui tombait dessus comme une tique sur le dos d'un kelpie.

Ou celui d'un schipperke.

Voilà ce qu'il en coûtait de venir de ce côté.

Berland songea au Cran d'Arrêt. Là-bas, l'urgent, pas de risque qu'on le laisse entrer. Pas question de le laisser venir vous emmerder, vous bousculer, vous aigrir le nectar. Au Cran d'Arrêt, on buvait un coup, on mangeait un morceau, on écoutait des histoires. Toutes activités qui s'accommodent mal du va-vite. Chacun offrait son grain de temps au sablier commun, et ça donnait qu'on n'était pas obligé de se hâter pour faire les choses ou pour les dire.

Pas comme sur ce banc.

Berland décacheta l'enveloppe. Sur une feuille autrement blanche, trois lignes dactylographiées s'acheminaient, sans détour, vers un point d'exclamation final :

Au chantier, Berland, au chantier sans tarder. On n'en bouge plus en attendant l'arrivée des équipes.

Vite, Berland. Vite !

Trois pigeons au plumage coaltar vinrent glousser, jaboter et croupionner près de ses pieds, mais Berland ne les voyait pas.

Il réfléchissait.

Quelques minutes plus tard, ça pigeonnait en masse autour du banc. Peut-être un jeteur de miettes, ce type-là. Ça se fait rare. On perd rien à aller y voir…

La tête serrée dans l'étau de ses paumes, Berland réfléchissait.

Vexés d'être ainsi ignorés, ne trouvant rien à picorer autour de ses pieds, les pigeons estimèrent plus utile de prendre de la hauteur. Les lampadaires de la gare d'autocars, tiens, ça ne manquait pas de cibles en ce moment, là-dessous, pour rigoler un peu.

Berland finit par émerger. Il quitta son banc et se remit

en route. Perchée au sommet d'un poteau électrique, une paire de pigeons attardés le regarda s'éloigner. Dans son manteau marron, il allait à présent avec des allures de bestiole affairée.

DEPUIS QU'IL SE VÉHICULAIT EN FAUTEUIL ROULANT, Failagueule avait troqué son bleu de travail pour une veste de survêtement noire dont il relevait la capuche lorsqu'il sortait. Il la portait tous les jours, ainsi qu'un fuseau de ski, satisfait de l'allure sportive qu'avait ainsi acquise sa silhouette. Le froid avait sorti les crocs, et s'il tournicotait près de chez lui, Failagueule capitonnait la capuche d'un bonnet de laine. Sous la capuche, et le bonnet, les deux gros bouchons d'un protège-oreilles de chantier empêchaient toute intrusion sonore.

Et les éclaboussures dans les yeux, fallait pas les oublier… Failagueule chaussait des lunettes noires à large monture de plastique, comme celles qu'affectionnent les chanteurs de jazz aveugles.

On se demande bien pourquoi.

Il s'enveloppait en outre d'une épaisse couverture noire d'où ne dépassaient que ses baskets, noires aussi, assorties à ses moufles.

Depuis deux semaines, donc, un coup le matin et un coup vers le soir, Failagueule parcourait en fauteuil le même trajet : trois kilomètres deux cents, le tour du Bois aux Putes.

Sans jamais y entrer.

Et merde pour la météo.

Quand même, la route, de plus en plus gadouilleuse, prenait des allures de patinoire…

Il avait plu plusieurs jours de suite, et de son lit, tout en sirotant, pensif, le pétrole du compartiment à pot de chambre, Failagueule avait écouté les camions défiler. Suspendu au câble d'acier, il avait suivi par la fenêtre, étape après étape, la pose en couches superposées de la moquette jaunâtre sur la route.

Ce matin, il aurait été mieux inspiré de lâcher le câble et de rester couché. Si le gars du chantier n'était pas passé par là, il y serait peut-être encore, dans le fossé.

Saloperie de fossé et saloperie de boue.

Il était rentré s'asperger au tuyau de la cour, près de la remise, et, un peu réconforté par de secourables lampées de pétrole, s'était recouché en attendant que sèche son survêtement accroché à la cuisinière.

La boue, pas de doute, elle venait en camion. Et les camions, Failagueule en voyait passer de plus en plus.

– Saloperie de gadoue, on va quand même pas la laisser nous coincer ici ! lança-t-il à son fauteuil roulant garé au pied du lit.

L'heure de l'action avait sonné. Failagueule décida de s'équiper.

Au plus vite.

Il renfila aussitôt son survêtement sec, se rehissa dans son fauteuil et se mit en route.

LONGS ET SOUPLES, les poils vibraient d'un imperceptible tremblement. Il aurait fallu se pencher très près pour la voir bouger, cette moustache, tant était ténu le souffle qui la mouvait. Parfaitement à sa place, fournie, généreuse, d'un roux malicieux, taillée aussi amoureusement qu'en Albion la bordure d'une pelouse de cricket, ses extrémités pointant au loin vers une paire de charentaises doublées de feutre épais, cette moustache vibrait au diapason de l'univers.

Allongé bien à l'aise sur la banquette de cuir noir d'une torpédo Delahaye mille neuf cent vingt-cinq qui occupait un coin de la pièce au-dessus de l'atelier, la visière de sa casquette rabattue sur les yeux, Synxter, en bleu de chauffe, faisait un somme. Une bonne sieste à l'espagnole, agrémentée de fragrances de piment doux et d'arpèges de guitare andalouse, une de ces siestes qui vous dénouent, effacent la moindre parcelle de fatigue et dissipent la brume des réveils trop brusques comme la brosse du coiffeur disperse, après la coupe, les cheveux attardés sur la nuque. Synxter commençait sa journée de travail à cinq heures. Aussi avait-il depuis toujours opté pour la sieste de fin de matinée, bien plus reconstituante que celle, commune, de l'après-midi. Échappées de bidons entreposés au rez-de-chaussée, il s'était immiscé dans celle-ci de subtiles vapeurs d'acétate d'éthyle qui avaient conduit Synxter vers des contrées improbables, peuplées d'éléphanteaux espiègles et de tresses de guimauve.

Un coup de sonnette l'en expulsa sans ménagement.

Descendant le colimaçon de fer qui menait à l'atelier, Synxter découvrit, dans l'ouverture de la porte, un skieur, ou peut-être un pianiste de jazz, en combinaison noire, posé dans un fauteuil roulant.

Failagueule se décapucha, ôta ses bouchons d'oreilles et poussa sur les roues. Le fauteuil pénétra dans l'atelier.

– C'est vous le garagiste ? De la route, on ne vous voit pas.

– Quand on veut me voir, fit Synxter, troquant au pied du colimaçon ses charentaises pour de vieilles sandalettes, on y arrive. La preuve.

– Ouais, admit Failagueule. C'est rapport à mon fauteuil, dit-il en s'approchant de l'établi.

– Qu'est-ce qu'il a ?

– Plutôt qu'est-ce qu'il a pas.

– Qu'est-ce qu'il a pas ?

– Des clous.

– Ah.

– Aux roues, précisa Failagueule en posant ses paumes emmouflées sur les pneus lisses du fauteuil. Vous pouvez m'en mettre ?

Synxter se pencha vers les roues.

– Ah oui. Dites donc, fit-il, ce n'est guère prudent de rouler là-dessus, vous pourriez glisser.

– Pour ce qui est de glisser, ça glisse. Même que je me suis cassé la gueule dans un fossé, expliqua Failagueule. Saloperie de boue. J'ai pas envie que ça recommence.

– Je vous comprends.

– Et encore, les fossés, c'est pas bien drôle, mais au moins, on sait où ils sont. Le pire, c'est les trous. On penserait que la boue bouche, eh ben non, pas tout, pas ces trous-là.

– Ça ne doit pas être rigolo de se retrouver dans un trou, fit Synxter, dont le moindre défaut résidait en un penchant certain pour la supputation.

– Des clous, ça peut se faire ? Dans les roues ?

Du pouce, Synxter tâta le pneu gauche du fauteuil.

– C'est du bon caoutchouc, du solide, dit-il en appuyant un peu plus fort. Fameux fauteuil, aussi.

– Je l'ai eu par le docteur, expliqua Failagueule.

– Ça ne m'étonne pas, remarqua Synxter, le Docteur, quand il fait quelque chose… Pas l'homme à vous refiler de la gnognotte.

– Alors ?

– Du caoutchouc comme ça, je vais pouvoir y planter des clous, pas de problème, ça tiendra.

– C'est qu'il faut que ça tienne. Avec toute cette gadoue et la pluie, s'agit pas qu'ils me lâchent.

– Dame, si ça lâche, ça glisse. Et si ça glisse…

Synxter déploya le bras gauche dans un geste qui, sans l'ombre d'un doute, signifiait si ça lâche, il y en a un qui se retrouve dans le déjà-vu, cul en l'air et le fauteuil pardessus, à attendre sans trop y croire que quelqu'un passe par là.

– Et vous pouvez le faire quand ?

Bien pressé, ce skieur de jazz. On l'aurait souhaité un peu plus aimable. Synxter eut soudain le sentiment de l'avoir assez vu.

– Je ne vais pas vous faire revenir, dit-il, surtout sans clous, avec la boue. Si on peut rendre service à un ami du Docteur.

Failagueule se tut.

– Bon, reprit Synxter, je vais voir ce que j'ai en clous.

– Des à boue, surtout.

L'ÉCLIPSE DU GARAGISTE permit à Failagueule d'orienter ses lunettes vers divers objets qui l'entouraient. Quatre pneus de camion empilés ceinturaient un gros bidon d'huile de vidange. Plus loin, au fond du garage, s'alignaient des fûts marqués « RÉSERVE ESSENCE ». Il vit aussi, sur un établi, quelques fins pinceaux et diverses pièces de moteur.

Soudain ses lunettes lui posèrent le regard sur un mastodonte garé contre le mur opposé de l'atelier.

– Joli, hein, fit Synxter qui, revenant avec son marteau et sa boîte de clous, avait remarqué la direction où pointaient les lunettes de jazz.

– Ah, fit Failagueule, pas ordinaire celui-là, jamais vu d'aussi gros.

– Hein, qu'est-ce que vous en dites ? On n'en voit pas tous les jours. Un Sawyer-Massey. Garanti d'époque. Ils n'en ont pas fait beaucoup. Presque une pièce unique. Un Locomotive. Transmission deux vitesses, moteur double cylindre. La vedette du salon, à Winnipeg, en mille neuf cent huit. Soufflés qu'ils étaient, les Canadiens. Ce tracteur, on ne le trouve pas sous le sabot d'un caribou. Et signé, en plus, sur le tableau de bord. À se demander où il l'a déniché, le Docteur. Mais rien à faire, il ne le dira pas. Encore un de ses petits secrets… Ah s'il l'aime, son tracteur ! Autant que sa Walcker, je parie, peut-être même plus. Mais ça non plus, il ne le dira pas. Le Docteur, il y a des choses qu'on ne lui fera jamais dire… J'en ai bavé pour le retaper, celui-ci. Le Docteur s'est occupé lui-même de la mécanique. Il a fait venir toutes les pièces, et la peinture aussi. Mais d'où, je serais infoutu de vous le dire. Regardez-moi ce pigment, ça ne se voit que dans les musées, les grands. J'en suis rendu au fignolage.

Synxter marqua une pause.

– Le Docteur, c'est un plaisir de lui faire plaisir. Dommage quand même de se dire qu'il va être tout salopé dès qu'on va le sortir. Tenez, regardez-les là-bas qui passent.

Au loin, deux camions disparurent dans la direction du Bois.

– Chez moi aussi, je les entends passer, dit Failagueule. Je me demande bien où qu'ils vont… Vers le Bois on dirait, non ?

– Si, c'est là qu'ils vont les camions en ce moment. Au Bois. Dire qu'autrefois c'était les gens qui y allaient. Pour la rigolade. Maintenant c'est des camions. Des camions de boue. Et ils ne se contentent plus d'en déverser sur la route. Dans le Bois, qu'ils en mettent. Si ce n'est pas malheureux, quand même.

– Mais pourquoi dans le Bois ? La route, ça ne suffit pas ?

– Non, c'est plus assez. Ils déversent dans le Bois, à présent. Tous les jours. Je le sais, parce que quand ils repassent, ils sont vides. Pas de doute, à ce train-là, ils ne vont pas tarder à le recouvrir aussi, le Bois.

– Recouvrir le Bois ?

– Oui, le recouvrir. Tout le Bois. Évidemment, il en faut, des camions. Un vrai défilé.

– Mais les arbres, ils les coupent ?

– Pas tous, seulement les plus hauts. Une fois couchés, c'est facile à embouer.

– À ce rythme, observa Failagueule, ça va vite finir par faire une sacrée butte.

– Une sacrée, comme vous dites. Et après, une fois que le Bois sera sous la butte…

– Après ?

– Dame, qu'est-ce qu'elle fait une butte de boue, quand elle est bien haute et qu'on la laisse posée là ?

– Elle sèche ? hasarda Failagueule.

– Et la pluie, vous l'oubliez, la pluie ? Elle ne compte pas ? Vous avez déjà vu quelque chose de sec par ici, vous ?

Failagueule dut le reconnaître, chez lui nulle remembrance de boue sèche, surtout à la saison froide.

– La butte de boue molle, elle va glisser. Voilà ce qu'elle va faire, suivre la pente du terrain derrière le Bois, conclut Synxter.

Il marqua une nouvelle pause, très brève, dont en bonne justice il aurait pu se dispenser, mais une petite respiration ne nuit jamais à la qualité d'un échange.

– C'est vrai, ça penche quand même un peu par là, remarqua Failagueule.

Tous ces kilomètres en fauteuil lui avaient permis d'acquérir une connaissance approfondie des différents accidents de terrain alentour.

– Qu'est-ce qu'il y a derrière le Bois ? interrogea Synxter.

– Le cimetière, répondit immédiatement Failagueule.

Rien de la topographie locale ne lui était plus étranger.

– Parfaitement. Alors quand la boue aura fini de dégouliner dessus, il n'y en aura plus, de cimetière, envolé le cimetière. Envolé, qu'il sera, appuya Synxter.

Interrompant soudain leur dialogue, les deux hommes suivirent, dans un bref instant de contemplation recueillie, le vol pesant et mélancolique du cimetière en route vers une destination qu'ils éprouvaient quelque difficulté à distinguer avec précision.

Un cimetière ne pouvait pas rester comme ça dans les airs. Où celui-ci allait-il bien trouver à se poser ?

– Envolé, non, corrigea Synxter, envolé, ça ne va pas.

Il se mit en quête d'une image moins aérienne, mieux adaptée à l'errance d'un cimetière.

– Enterré, suggéra Failagueule.

– Voilà, approuva Synxter, vous avez prononcé le mot juste. Enterré, le cimetière.

– Nom d'un chien ! s'exclama Failagueule.

– Et quand le cimetière sera enterré et le Bois sous la butte, ils feront venir les souffleuses.

– Pour sécher le tout.

– Exact. Pour que ce soit sec. Et vite. Ici, on ne peut pas compter sur le soleil, pas vrai ? Après, il n'y aura plus qu'à bâtir dessus. Et faire des routes pour aller à ce qui aura été bâti. Des routes comme celle que vous avez prise, mais en bien plus large, et sans trous. Des routes sans boue, et qui ne glisseront pas.

– Mais c'est que moi, j'ai ma maison au bord, s'inquiéta Failagueule. Alors si on élargit, vous croyez pas que…

Synxter ne dit rien. Il détestait faire de la peine.

– BON, DIT SYNXTER revenant à leurs clous, on les plante ?

Pas des rouillés, qu'il sortit de la boîte et qu'il entreprit d'enfoncer dans le caoutchouc des pneus, non, des beaux clous. Failagueule en attrapa une poignée. Des à double pointe, en haut et en bas, que le garagiste plantait d'un marteau expert, un à un, en veillant à ne pas émousser le bout pour la boue.

– Si on émousse le bout de la boue, expliqua Synxter, le clou ne mord plus. Et si ça ne mord plus…

– La roue glisse, acheva Failagueule.

– Tout juste, et la suite vous la connaissez.

Synxter agrémenta cette conclusion d'un bref éclat de rire, souligné d'une ondulation moustachière.

– Mais, fit Failagueule soudain alarmé, comment que je vais faire, moi, avec les clous, pour pousser ? J'ai des moufles, mais quand même…

– C'est prévu, le rassura Synxter, je m'en vais vous

souder des poignées au flanc des roues. Vous n'aurez qu'à les agripper par là.

Il ajusta sur son visage la visière de soudeur qu'il avait apportée et régla la hauteur de la flamme bleue.

– Ne vous inquiétez pas, répéta-t-il derrière le masque soudain scintillant de pépites d'or, je n'en ai pas pour longtemps.

Un malin ce gars-là, se dit Failagueule. Et qui connaît son affaire. M'étonne pas que le docteur lui confie ses trouvailles.

Dix-huit minutes et six secondes plus tard, l'ouvrage était achevé.

– Poussez un coup, pour voir, proposa Synxter.

La mastication d'un crocodile en train de se taper une tartine de sable au bord d'un marigot ? Non, le crissement des roues sur le ciment du garage.

– Ah oui, dites donc... Et on n'y perd pas en souplesse.

– Ça va vous changer, garanti.

– Ce serait, s'aventura Failagueule, possible de l'essayer sur...

Synxter l'interrompit :

– De la boue, il y en a déjà trop dehors. Je n'en veux pas chez moi, qu'ils se la gardent. Je m'échine assez pour que l'atelier reste propre. Il va falloir sortir. J'enfile mes bottes et je vous accompagne jusque sur la route, des fois qu'il y aurait des petits réglages à faire, mais entre nous, ça m'étonnerait.

Beau travail, Synxter. Même si la boue avait voulu

faire chavirer le fauteuil, elle n'y serait pas parvenue. Failagueule prenait un peu plus d'assurance à chaque tour de roue. Pas la porte à côté, ce garage, mais le retour promettait d'être une partie de plaisir.

– Quand même, pourquoi faut-il que ça m'arrive, tout ça ? maugréa Failagueule.

– Ne vous laissez pas abattre, dit Synxter, pour vos jambes on trouvera peut-être quelque chose.

Encore des boniments, songea Failagueule, ça doit lui venir de fréquenter le docteur.

– Bon, faut que j'y retourne. Ça va aller ?

– Pas d'inquiétude, je vais me débrouiller.

Les deux hommes se tournaient à présent le dos. Lorsqu'il estima suffisante la distance entre eux, Failagueule, à voix basse, offrit de payer clous et poignées.

Synxter était déjà rentré dans son atelier.

Tant pis.

Quand même, tout engloutir sous la boue et l'obliger à déguerpir sous peine de s'y retrouver lui aussi, et pour de bon, ça lui en foutait un sacré coup. Saloperie de boue ! Et si on essayait de l'arrêter, de la contenir, la boue ? Ce ne serait pas possible, des fois ? Et les autres, ils étaient au courant ? Ils s'en doutaient, eux, qu'il en arrivait tout le temps ? De plus en plus, camion après camion ? Ma moufle au feu que non. Pour ça, il aurait fallu venir sur la route du chantier, et en dehors de ce Berland qui l'avait sorti du trou et du docteur, qui l'avait sorti du lit, on n'y venait guère, dans le coin.

L'assurance passagère que lui avait apportée la pose des clous disparut soudain. Alors, une supposition, si après le cimetière, ça continuait à se répandre ? Une fois la boue lâchée, on ne l'arrête pas comme ça. Et avec la pente, le bistro, à vol d'oiseau, il n'était pas si loin…

Failagueule prit à gauche en direction du Cran d'Arrêt.

QU'EST-CE QUE C'EST QUE CE PÈLERIN au milieu de la route ? Et sans lumière.

Un coup à se prendre un véhicule dans le fauteuil.

Le Docteur fit faire au nez de cochon un brusque écart pour éviter Failagueule qui venait en sens inverse.

Quelques instants plus tard, il arrivait au garage. Une brosse à dents à la main, Synxter enduisait de graisse de saumon un pneu du Sawyer-Massey. Le garagiste s'interrompit et se planta sur le seuil, interdit.

– Un comme ça, fit-il enfin, admiratif, je crois que je n'en ai jamais vu. Vous l'avez trouvé où ?

Vaine tentative ; s'il est des questions qui peuvent hameçonner une réponse, certaines jamais ne ferreront.

– N'est-ce pas ? fit le Docteur, flatté.

– Une beauté, Docteur... D2 ?

Le Docteur ne put s'empêcher de sourire.

– D2, tu parles. D4, cinq paliers Indenor, mille huit cent seize centimètres cubes. Celui-ci de nez de cochon, crois-moi, il appartient à une espèce bien éteinte.

– Vrai, Docteur. Si j'avais imaginé en voir un, surtout si bien conservé.

Une fois la Chenard & Walcker confiée à Comdinitch, le Docteur avait poussé à pied jusqu'à proximité du cimetière, où l'attendait dans une grange discrète le nez de cochon qu'il allait à présent laisser aux soins attentifs de Synxter.

– Quelle année ce modèle, demanda Synxter, cinquante-deux ? trois ?

– Trois, dit le Docteur, janvier. Et viens voir…

Le Docteur ouvrit la portière arrière à deux battants. Synxter passa de la stupéfaction à l'émerveillement.

– La vache ! Deux banquettes ! Ma parole ! En cœur de palissandre ! Vernis au pochoir !

– Parfaitement, fit le Docteur, au pochoir de martre.

– Et les montants, du cuivre jaune !

– Modèle fourgon numéroté. On peut embarquer six passagers.

Le Docteur referma la double portière, de la même délicate poussée dont il se servait avec la Chenard & Walcker.

– Saleté de boue, regarde les bas de caisse. Ça colle même aux enjoliveurs.

– Ne vous bilez pas, je vais remettre tout ça à neuf. Une bonne giclée d'eau distillée bicarbonatée haute pression, deux trois fines couches de cirage anglais, et pour finir, polish au velours de Parme sur les chromes.

Précieux Synxter... songea le Docteur.

– Tu as regardé l'autre ?

– Par ici.

Les deux hommes entrèrent dans l'atelier et s'approchèrent du tracteur.

– Sacré Locomotive, dit le Docteur. Locomotive, bien trouvé ce nom, hein ? Sawyer-Massey inspirés, ces deux-là, des poètes.

– Et le double cylindre, j'en suis encore baba, renchérit Synxter.

– Il y avait aussi un Big Bull, mille neuf cent vingt-six, avec radiateur transversal.

Le Docteur baissa soudain la voix.

– Mais je n'ai pas pu le prendre, soupira-t-il. J'aurais voulu que tu voies ce rouge. Un authentique pigment Renaissance, toute la carrosserie au pochoir.

Comme l'éclat des chromes du Locomotive traçant l'autre jour son sillon au milieu de la chambre de Failagueule, l'évocation rutilante du Big Bull illumina un instant le visage du Docteur.

Puis s'évanouit.

– Tu as eu le temps de l'essayer ? demanda le Docteur.

– Le temps, je l'ai pris, dit Synxter. Ici j'en ai encore. Mais là-bas je ne suis pas sûr qu'il en reste tant que ça, ajouta-t-il en se tournant vers la route.

Les deux hommes ressortirent ensemble de l'atelier.

– Et la Chenard & Walcker ? demanda le garagiste, comment va-t-elle ?

Il pose parfois d'étranges questions, Synxter, songea le Docteur.

– Dis donc, reprit-il, j'ai croisé le gars en fauteuil en arrivant. En plein milieu de la route. Il va finir par se faire aplatir. J'aurais peut-être mieux fait de le laisser dans son lit, l'autre jour. Il venait de chez toi ?

– Tout juste. Pour se faire clouter les pneus. Il a glissé dans un fossé ce matin. Je lui ai aussi mis des poignées pour pousser.

– Ah ça, pour pousser, il poussait. Un vrai moulin, il avait l'air d'avoir le feu au fauteuil. Tu lui as fait quelque chose ?

– Des clous, rien d'autre.

– Tu sais où il allait ?

– Il ne me l'a pas dit. On a juste parlé un peu. Pas longtemps. Ils ne sont pas bavards, par là-bas, ajouta-t-il en faisant un geste vague vers les friches à l'horizon.

C'ÉTAIT PRESQUE L'HEURE DE L'APÉRO, et presque l'heure de l'apéro, quand pointe la soif, ça devient vite l'heure de l'apéro. Presque, c'est élastique. Ça varie selon les fluctuations de la pendule hépatique des apéromanes, un mécanisme d'horlogerie subtil qui, au Cran d'Arrêt, ne se grippait jamais, et pouvait même à l'occasion s'emballer.

Berland adressa un rapide salut de la tête à Tremblote et se dirigea vers le dos de Comdinitch accoudé au comptoir. Pas accoudé, le dos, mais voûté, surplombant une paire de jambes qui auraient gagné, songeait parfois Mésange, à être un brin plus longues, même si le pantalon de gros velours beige peinait à lui couvrir les chevilles. Très ajustée, sa veste cardigan bronze lui épousait les contours. Il n'en portait jamais d'autre. Tout comme le petit feutre tarte-au-porc vert à bord étroit toujours vissé sur son crâne. Comdinitch aurait pu être l'arbitre des élégances de comptoir, si une telle compétition avait existé. Mais de ses singularités vestimentaires, ici tout le monde s'en foutait. Il aurait aussi bien pu venir en caleçon ou en chemise de nuit, le Cran d'Arrêt n'y eût rien trouvé à redire.

On attendait Comdinitch, pas Brummell.

À l'extrémité supérieure du dos de Comdinitch, au-dessus des épaules tombantes, sa nuque exécuta une brève flexion arrière immédiatement suivie d'un retour à la verticale : cul sec.

Comdinitch reposa son verre vide à l'instant où Berland venait prendre place à côté de lui parmi la demi-douzaine d'habitués. Comdinitch à l'apéro au Cran d'Arrêt, ça ne se ratait pas. Surtout quand on avait besoin, comme Berland aujourd'hui, de se changer les idées.

– Te r'voilà, dit Madoval. T'as pris ton temps. Il fait faim, je parie. Mésange, lança-t-il en direction de la cuisine, une assiette pour Berland. Tu vas m'en dire des nouvelles, promit-il en se retournant vers le tiroir à tisanes.

Attablée seule au fond de la salle, derrière Tremblote, une cliente de passage avait commandé un tilleul que Madoval acheva de confectionner.

Il posa sur un plateau trois sucres, un petit pot d'eau bouillante et, sur sa soucoupe, une tasse de faïence verte à liseré doré.

– Tiens, remets-moi un jaune, fit Comdinitch, çui-là, il a dû s'évaporer.

Le dos du patron lui fit savoir que le pastis allait

devoir attendre. Madoval emporta son plateau au fond de la salle puis, toujours traînant des pantoufles, revint remplir les verres, avant de s'installer sur son tabouret devant la machine à café.

– Salut, lança le facteur en entrant. Je suis pas en retard au moins ? Avec toute cette boue, je vous jure que pédaler c'est pas du gâteau. Vacherie, ça donne soif.

Madoval lui versa un verre de réserve du patron.

– Si ça continue, je pourrai bientôt plus, je vous le dis, moi, déclara le facteur après une longue gorgée.

– Et nos pensions ? demanda quelqu'un, qui c'est qui nous les portera ?

– Ça… dit le facteur.

Puis le Cran d'Arrêt se tut.

BERLAND SE FÉLICITA de ne pas s'être attardé sur le banc.

Au Cran d'Arrêt, entre le pastis et les oreilles dressées des habitués, Comdinitch ne manquait de rien. Il arrivait vers la fin de la matinée pour tenter d'étancher cette soif qui ne le quittait jamais, et s'installait au zinc où il restait collé jusqu'à la fermeture comme une ventouse de mollusque à un fragment d'épave. Il mangeait debout, interminablement, mâchant en de communes bouchées le plat du jour et les mots qu'il choisissait pour ses histoires.

Les histoires de Comdinitch captivaient l'attention de tout le comptoir et même, allez, celle de tout le bistro. Au bout de sa paille, près de la porte du fond, Tremblote non plus n'en ratait pas une. À se demander si elles ne captivaient pas aussi le perroquet, la pendule et la porte des chiottes.

Quand ce n'était pas une histoire, Comdinitch balançait à la cantonade une citation, le plus souvent empruntée, disait-il, à Nietzsche dont, à le croire, il avait tout lu. Et là, tout le monde se taisait.

Et réfléchissait.

Pour en dire, il en disait.

Et il savait se faire écouter. Il tenait ce talent du temps où il avait vendu de vieux bouquins sur les marchés. Le goût ne l'avait jamais quitté de lire et de parler aux gens, de les balader le long de ses histoires.

On ne savait pas où il allait les chercher ; un peu comme le Docteur ses voitures. Qu'importe, au Cran d'Arrêt, on l'écoutait toujours. C'était de la distraction, mais pas seulement. De l'instruction aussi, même si des fois on ne comprenait pas tout.

– Les mecs, vous allez pas me croire, commença Comdinitch, putain vous allez pas me croire.

Ça commençait presque toujours comme ça, croustillant, comme une brioche juste sortie du four. Ça vous mettait l'eau à la bouche.

Façon de parler, on n'était pas chez des buveurs d'eau. Alors plutôt à l'oreille, l'eau. Les histoires de Comdinitch vous mettaient l'eau à l'oreille.

En tout cas, il convenait à cet instant de s'humecter le palais d'une ou deux lampées suffisamment longues pour tenir la distance.

La soif, c'est connu, elle déconcentre.

– Non mais des fois, qu'est-ce qu'on peut être con quand même, hein ? Écoutez ça, les mecs, et pis toi aussi Mésange, écoute, tu vas te marrer, promit Comdinitch.

– Vous allez encore laisser refroidir, dit Mésange. Elle posa devant Berland une assiette de hachis et des couverts, tandis que son père lui versait un ballon.

– Goûte-moi ça, tu m'en diras des nouvelles, lui répéta Madoval.

– PAS PLUS TARD QUE CE MATIN, tenez. Me demandez pas quelle heure il était. Bon, je bouquinais sur mon lit, peinard, soudain v'là que sans prévenir il me prend l'envie de pisser.

Comdinitch jouait en virtuose du « soudain », indispensable compagnon du conteur averti.

– Normal, parce que, en me réveillant, j'avais eu soif. Je sais pas pour vous, mais moi le matin, j'ai soif, alors qu'est-ce que je fais, je bois, parce que la soif, hein… Et de boire le matin, eh ben ça fait qu'il faut que je pisse. C'est mécanique. Bon, alors, je pose mon bouquin, et je me lève pour aller aux chiottes, mais sans me presser, tranquille. Là, je m'déboutonne, je sors Popaul et je commence à pisser comme de juste. Normalement, vous je sais pas, mais moi quand je pisse, je pisse. Je fais rien d'autre. Et surtout je pense à rien. Je pisse, c'est tout. Bien pisser, on croit que c'est machinal, que ça se fait tout seul, mais si on y réfléchit, il faut de la concentration. Sans parler de l'agrément que ça procure, pas vrai ? Mais quand je dis que je pense à rien, c'est manière de dire. Penser à rien, faut de l'habitude, c'est pas si facile. Et alors voilà que soudain, tout d'un coup, comme ça en pissant, j'me questionne : des clopes ? Est-ce qui m'reste des clopes ? Imaginez, les mecs, vous êtes en train de pisser, là, aux chiottes, fit Comdinitch en esquissant un mouvement de tête vers la porte des vécés du Cran d'Arrêt, vous vous tenez au mur d'une main, parce que par terre, même si on fait gaffe et qu'on vise, ça glisse toujours un peu, et vous pissez sans penser à rien. Ou alors en pensant à n'importe quoi, en pensant sans penser. Bon, eh ben moi, là, je sais pas pourquoi, j'pense à mes clopes. Je vous demande un peu… Et qu'est-ce que je fais ? Machinalement, j'vais pour tâter mes poches. Les deux, des fois que mon paquet y serait dans celle-là ou dans l'autre. Et bien sûr, pour tâter j'ai besoin de mes mains, alors j'la lâche. On peut pas faire autrement. Notez que je la tenais pas serrée, juste comme on la tient quand on pisse, histoire de guider un peu le jet, voyez.

Du bonnet Madoval fit signe qu'il voyait très bien. Les autres aussi hochèrent. Sur ce point tout le monde s'accordait. Se la tenir un peu, ça aide à viser. Il y a assez de salauds qui en mettent partout. Et pas que chez eux. Mésange en savait quelque chose quand elle passait la toile après la fermeture.

Comdinitch s'était interrompu. Il s'entendait à ménager des pauses, autant pour entretenir le suspense que pour lui permettre, ainsi qu'à l'assistance, d'avaler un gorgeon.

– Bon, reprit-il, après une bouchée de hachis, comme un con, je la lâche, et là, les mecs, là, putain les mecs, là, oh putain ! Vous savez quoi ? Non, vous devinerez jamais. C'est pas devinable une chose pareille. À ce moment-là, les mecs, elle s'détache. D'un coup, putain ! Comme si elle avait attendu que ça, l'occasion, et qu'elle sautait dessus.

– Putain ! lâcha en écho un habitué derrière Berland, ça a dû te faire drôle. Tiens, patron, tu m'en ressers un ?

– Mais vas-tu bien te taire, toi !

– Drôle ? J'aurais bien voulu t'y voir, moi. Vous imaginez pas la sensation. Un appel d'air dans le bas du ventre, ça fait, juste en dessous, là. Alors moi, réflexe, qu'est-ce que je fais, hein ? C'te blague, j'vais pour la rattraper, mais avec la surprise, je perds du temps, et pendant ce temps, elle, elle glisse. E' m'glisse entre les doigts, elle se faufile. Parole, on aurait dit qu'elle était vivante et qu'elle avait décidé d'se casser. Une anguille, je vous dis. Comme si elle avait voulu faire un plongeon. Et putain, v'là t'y pas qu'elle tombe dans le trou des chiottes. Merde, c'est pas vrai ! Là, dans le trou, au fond. En train d'se barrer, qu'elle était. Qu'est-ce que je fais, hein ? Vous le savez ce que je fais ? J'me penche à toute vitesse pour essayer de la rattraper dans l'eau, d'la r'pêcher, quoi, et là, vous allez pas le croire, je glisse. Forcément, comme je vous ai dit, c'est jamais bien sec. Alors là, comme un con, pour pas tomber, j'me rattrape à la chaîne. La chaîne de la chasse. Chez moi, c'est pas très moderne, j'ai encore une chasse à chaîne. Comme t'avais ici quand t'avais des chiottes à la turque, avant qu'tu fasses des travaux, fit remarquer Comdinitch à Madoval.

Pour les travaux, tout le monde était au courant. Les chiottes du Cran d'Arrêt ne laissaient personne indifférent. Chacun alors y fut transporté un instant pour une commune pensée à celles à la turque de jadis. Surtout Madoval, pas fâché qu'on en parle, de ses travaux qui lui avaient coûté les yeux de la tête.

– ALORS LA CHAÎNE, reprit Comdinitch, c'te blague, j'la tire. De tout mon poids, hein, obligé, à cause de l'équilibre que j'avais perdu et oh putain ! V'là ma bite qui s'met à tourner avec le siphon et, ni une ni deux, j'la vois qui s'barre dans le trou, tout au fond, dans le tourbillon.

Le Cran d'Arrêt n'était plus qu'un douloureux halètement.

– Croyez-moi si vous voulez, les mecs, mais j'ai jamais eu aussi peur de ma vie.

Ah ça ! À part peut-être Mésange et la cliente au fond, tout le monde s'était à présent mis à la place de Comdinitch.

Solidaire, le Cran d'Arrêt retenait maintenant son souffle.

– C'est que là je l'imaginais déjà en train de naviguer le long des égouts, déboussolée comme qui dirait. Perdue. Perdue à jamais.

– Elle sait nager ? demanda un buveur.

La question paraissait légitime, mais Madoval s'interposa :

– Interromps donc pas tout le temps !

– Là-dedans, dans les égouts, c'est plein de rats, non ?

– Ferme-la !

– Tu parles, ça grouille, confirma Comdinitch, et justement, il aurait pas fallu qu'un salaud de rat la chope et la bouffe.

– Les rats, ça mange de la bite ?

Venue de l'autre bout du comptoir, la question resta sans réponse.

Le Cran d'Arrêt n'osait même plus se figurer comment tout ça allait finir.

C'est l'instant que choisit Comdinitch pour retourner à son hachis.

– Mésange a raison. Faut pas que ça refroidisse, dit-il. Quand c'est froid, ça perd son goût.

– Pose ça tout de suite ! rugit Madoval.

– Quoi ? Qu'est-ce qu'il y a ?

Les deux poings de Madoval s'abattirent devant l'assiette de Comdinitch.

– Ça t'amuse de t'arrêter, hein, ça t'amuse ?

Comdinitch perçut la menace.

– Ah oui, j'en étais où déjà ? reprit-il.

– Dans les égouts, parvint à articuler, les nerfs à vif, un autre habitué.

– AH OUAIS, eh ben là, on sonne. En sursaut, ça m'a réveillé. J'étais en sueur, j'avais des palpitations. Le Docteur qui voulait me voir.

– Pourquoi ?

– Pour me demander quelque chose.

– Le Docteur, remarqua Madoval, un peu déçu tout de même, il a bien fait de te réveiller.

– C'te blague ! Sans lui, j'sais pas ce qui aurait pu se passer. C'est vrai, les rêves, une fois que c'est commencé, on n'est jamais sûr de comment ça va finir.

– Le Docteur, qu'est-ce qu'il voulait ?

– Que je l'accompagne pour revenir avec la Chenard.

– Tu lui as raconté ton rêve ?

– Ouais, c'était tout frais, alors j'y ai raconté. D'abord, il m'a dit que les rêves, de toute façon, ça finissait toujours.

– Il a raison, le Docteur, les rêves ça finit toujours par finir, remarqua un buveur.

– Comme le reste, approuva un autre.

– Il a dit aussi, reprit Comdinitch, qui fallait que je lève le pied sur les verres. Remarquez, il me l'avait déjà dit. J'ai des hallucinations passagères, qu'il m'a expliqué, et si j'arrête pas, il m'a dit qu'elles risquaient de plus être passagères, mes hallucinations, qu'elles finiraient par s'installer, un peu comme nous là, que j'allais en avoir tout le temps et qu'en plus je risquais de me payer une bonne cirrhose et p'têt' aussi, après, une truffe en place du pif. Calmement, il m'disait ça, le Docteur, tu vois, comme si pour lui, au fond, mon foie, ma bite et le reste, c'était du pareil au même, ça ne méritait pas qu'on s'en fasse plus que ça.

– Là, j't'arrête, fit Madoval. Le Docteur, tu veux que je te dise, ça le fatigue de toujours répéter la même chose et que les gens fassent pas ce qu'il dit.

– C'est vrai, s'immisça Mésange. Vous feriez mieux de l'écouter le Docteur, vous, et les autres aussi, au lieu de passer votre temps à boire. Mais bon, après tout tant pis. Il peut pas vous forcer.

Madoval hocha la tête. Elle avait raison, sa fille, même si pour le commerce, il aurait préféré qu'elle se taise. À la longue ce genre de propos pouvait vous aigrir le vin.

Devant lui, Comdinitch terminait son hachis. Bien tournée, son histoire du jour. Gros succès. Les verres se levaient à la santé du conteur.

Pour le commerce, on ne faisait pas mieux.

Comdinitch au Cran d'Arrêt, c'était une aubaine.

Il avait atterri là un jour, vers midi, vidé quelques pastis et plu au patron. Madoval lui avait prêté une cabane et donné un sac de légumes. Comdinitch avait pris racine.

De cette clientèle, Madoval en avait vu défiler de l'autre côté du zinc depuis le temps – les braves de comptoir, les jamais pressés de rentrer, ceux qu'on n'attend pas pour dîner, ceux qui ont un jour définitivement raccroché leur montre aux aiguilles d'une pendule de bistro.

Comdinitch lui-même ne prêtait qu'une attention assez distraite à ses histoires. Il en tenait à disposition une confortable réserve, toujours bonnes à servir ou à resservir, réchauffées au besoin, comme le hachis du vendredi. Le Cran d'Arrêt avait les oreilles bienveillantes. Ceux qui écoutaient Comdinitch laissaient volontiers les restes de leur mémoire usée flotter dans le onze degrés, la redite ne les dérangeait guère. Honnêtes poivrots, inoffensifs leveurs de coude, ils savouraient avant tout la chaleur de la compagnie. Au Cran d'Arrêt, en écoutant Comdinitch, on picolait en famille. Une histoire ou le plat du jour, les habitués prenaient sans rechigner ce qu'on leur mettait sous la dent ou dans l'oreille. Le zinc était leur coin du feu, les contes à boire debout de Comdinitch se passaient bien de cheminée et de chaudron.

Madoval leva son verre à la santé de Comdinitch, de sa bite, de lui-même et de ses clients.

Cul sec.

COMDINITCH, un peu échauffé malgré tout, se regarda un instant dans la grande glace derrière l'alignement de bouteilles.

– Quand même, fit-il observer à Berland, nos gueules… Et y a une paye qu'on t'a pas vu, toi ! Comment que ça va, au chantier ? Madoval me disait que t'avais des soucis de chiens ? Patron, tu m'en remets un ?

– Les chiens, je vais m'en débrouiller.

Berland reposa dans l'assiette ses couverts et vida son verre.

– Alors, il t'a plu mon hachis, hein ?

Son hachis, son hachis, songea Mésange. Il était culotté. La recette du hachis, Madoval n'y était pour rien. Mésange la tenait du livre qu'avait laissé Rose, un bouquet garni de recettes recopiées au porte-plume, à l'encre violette. En bonne place, celle du hachis, avec ses fines couches posées légères les unes au-dessus des autres, à la manière d'un millefeuille. Mais elle ne releva pas. Elle l'aimait, son père, Mésange, même s'il n'allait jamais voir Rose, là-haut, à cause de la peine.

Mais les oignons, c'était lui, on ne pouvait pas le lui retirer.

– Au fait, et cette convocation ? demanda Comdinitch à Berland.

– Le patron t'a dit ? Au début, je croyais que c'était pour les chiens. Mais les chiens, ça va aller. C'est pour autre chose. J'ai une lettre.

– Alors tu les as toujours... Je te le disais, aussi... Des chantiers sans chiens, non, des fois... Faut des chiens pour aider à garder les chantiers, celui-là comme les autres.

– Une lettre ? intervint Madoval. Raconte.

– Une lettre, oui.

– Ah, fit Comdinitch, une lettre...

– On me l'a donnée à la Direction.

– Où t'étais convoqué, précisa Madoval en remplissant leurs verres.

– Notez, je les connais pas, moi. Même ceux qui m'avaient embauché, jamais rencontrés. Quand je suis arrivé, à l'époque, il y avait aussi une lettre dans la cabane, soi-disant qu'il y aurait du changement un jour.

Le Cran d'Arrêt ne se souvenait pas d'avoir entendu Berland prononcer d'un trait tant de paroles.

– Tu crois qu'ils te connaissent ? demanda Comdinitch.

– Sais pas. En tout cas, les instructions, c'est à moi qu'ils les ont données.

– Elle dit quoi la lettre ? insista Madoval.

– Qu'il va y avoir à faire, dans le chantier.

– Faire quoi ?

– Faut que j'prépare le chantier pour des gars qui vont arriver.

– Des gars ? Quels gars ? Ils vont arriver où ? Ici ?

– Au chantier.

– Logique, remarqua Comdinitch. Et qu'est-ce qu'ils vont y faire, au chantier ?

– De l'urgence. C'est tout ce qu'elle dit, la lettre. Et pour moi ça suffit bien, conclut Berland.

– T'en sais rien, t'en sais rien. Tu aurais pu te renseigner un peu plus, intervint Madoval.

– J'aurais voulu t'y voir. Le type à la Direction était sur le départ, boutonné jusqu'en haut. Il avait même une valise.

– M'étonne pas, la valise, remarqua Madoval.

– Ah ?

– Les chauffeurs de car, le matin, ils m'en parlent, des valises. Tout le monde en emporte, et des lourdes. Eux, faut qu'ils se coltinent de les monter sur le toit des cars, alors tu parles si ça les fait râler.

– On les comprend, reprit Berland. Tout ça pour dire que non, je pourrai pas en savoir beaucoup avant qu'ils soient là. Quand ils arriveront, je verrai bien.

– Tu viendras nous le dire, hein ?

– Si je peux. Mais en tout cas, avec l'agitation, les chiens, je vais être encore plus content de les avoir.

Comdinitch vida son verre.

– Il a raison le patron, on aimerait en savoir un peu plus. Moi, cette histoire ne m'étonne pas plus que ça. À quoi ça rime un chantier vide, et où il ne se passe rien ? Et c'est tout ce qu'ils disent dans cette lettre ? T'es sûr ? Tu nous la fais voir ?

Berland tira l'enveloppe de sa poche.

Un bruyant courant d'air envahit soudain la salle. Surpris, le Cran d'Arrêt se retourna. La porte venait de s'ouvrir pour laisser passer le fauteuil de Failagueule.

– C'est quoi ce tintamarre ? demanda Madoval.

Chaque tour de roue cloutée griffait le carrelage dans un crissement suraigu d'engrenages en mal de lubrifiant.

– Les clous, s'empressa d'expliquer Failagueule, tout en poussant vers le comptoir. J'ai fait planter des clous, je dérape plus.

– Mais tu vas me foutre mon carrelage en l'air, s'indigna Madoval, t'es pas sur la route ici !

Deux tours de roues à clous de plus et Failagueule atteignit le comptoir.

– Le carrelage, j'vous jure, y s'agit bien de ça à c't'heure. Et pis je le sais que je suis pas sur la route. Attends donc de voir ce que j'rapporte, au lieu de penser à ton carrelage.

Il plongea une moufle dans la poche de son fuseau et en ressortit une enveloppe.

L'enveloppe l'attendait le matin dans sa boîte aux lettres. Tout à ses clous, il l'avait coincée entre ses fesses et le fauteuil, puis l'avait oubliée là. Allez savoir pourquoi, en quittant Synxter, il l'avait ressortie.

Quelques tours de roue plus tard, marquant une pause, il l'avait ouverte.

Et lu ce qu'elle contenait.

– Ah misère de putain de saloperie ! lança-t-il à la cantonade en même temps que l'enveloppe atterrit sur le comptoir.

Alertée par le bruit, Mésange venait de rejoindre son père.

– Vous êtes pas tout seul ici, fit-elle observer à Failagueule, c'est l'heure de midi.

Failagueule lui tapait sur les nerfs. Une chance, encore, qu'on ne le voyait pas souvent.

Quand il venait au Cran d'Arrêt, Failagueule partageait généralement le guéridon du petit vieux à la paille. Leurs deux silences se tenaient compagnie. Ils sirotaient l'un en face de l'autre, oublieux des choses et des gens jusqu'à l'heure de la fermeture. Depuis qu'il était en fauteuil, Failagueule s'était fait plus rare.

– M'ouais, bon, mais y a des raisons de se mettre en pétard, bordel de merde !

Comdinitch fit observer que l'enveloppe sur le comptoir ressemblait beaucoup à celle que tenait Berland.

– T'allais nous lire la tienne, dit-il à Berland.

– En gros, fit Berland, les travaux vont pas tarder à commencer, et…

Il hésita, mal à l'aise.

– Et ? demanda Madoval.

– Et forcément, comme je disais, il va y avoir du mouvement.

– Du mouvement ? Quel mouvement ?

– Du mouvement.

– Mais dis-le donc, s'exaspéra Failagueule, dis-le donc ce que c'est, ce mouvement. Vous avez qu'à lire celle-là, fit-il en pointant de la moufle l'enveloppe qui attendait sur le comptoir – la sienne d'enveloppe, repassée à la fesse –, vous le verrez bien à la fin ce qu'il y a dedans.

– Ils t'ont pas demandé de passer, à la Direction ? interrogea Madoval. Ils savent, pour tes jambes ?

Peut-être qu'eux non plus n'avaient pas envie de le voir, songea Mésange.

– Mes jambes, mes jambes, ils s'en foutent bien de mes jambes. Il faut que nous, on évacue, voilà, et même que ça presse. Ah les salauds !

D'un signe de tête, Berland confirma.

– Qui ça, nous ? demanda encore Madoval.

– Qui ça nous ? Qui ça nous ? Ben nous, c'te bonne couille. Ceux du long de la route. Y sont à eux, les terrains, et pis le chantier aussi, à la Direction qu'il est. Allez, ouste, dehors. Par chez nous, on est pas bien nombreux, on s'évacue facilement, mais y aura pas que là. Ils veulent bâtir, et pour ça, il faut de la place. De la place qu'on est dessus. Pas que nous, vous aussi. Ça ne tardera plus, vous verrez. On encombre. On va gêner le passage des engins, la construction, tout. Faut qu'on parte… Franchement, c'est pas des conneries, ça ? Raconter qu'on est de l'encombrement, ah j'te jure, si je m' ret'nais pas.

Du plat de ses moufles, Failagueule frappa les roues du fauteuil.

– Aïe !

– Mais quels travaux, d'abord, demanda Madoval en approchant un verre de Failagueule. Et bâtir quoi ? Pour qui ? Tu le sais peut-être pas, mais en ce moment, tout le monde s'en va.

Failagueule secoua la tête avec l'air accablé d'un qui est forcé de montrer ce qui crève les yeux.

– Et toi, tu ne le sais donc pas que la nature, c'est comme tes verres, ça ne supporte pas le vide ? Quand ils auront fini de partir, ceux d'ici, d'autres tarderont pas à arriver pour les remplacer. Quels travaux, quels travaux ? Les travaux, putain, les putains de travaux, brailla Failagueule en se soulevant un peu de son fauteuil pour attraper son verre. Des années qu'on se demande ce qu'ils attendent et pourquoi il se passe rien. Eh ben, ce coup-là, on y est. Ils arrivent, les travaux. À cheval sur les emmerdements. Comme s'il n'y avait déjà pas assez de la boue.

– Et qui c'est qui décide ? On en sait rien non plus. Vous le savez, vous autres ?

Mais personne ne savait rien.

Rien de rien.

– Vous voyez bien… Allez, je vais vous dire, moi, ce qu'on gêne, c'est pas les travaux, non. Nous, on gêne en général. La place, c'est pour le progrès, et nous, ici, on a pas des gueules de progrès, voilà.

Failagueule marqua un pause, promena ses lunettes sur l'assistance et revint à Madoval.

– Et même toi et ta limonaderie, Madoval, crois pas qu'ils te laisseront. T'es pas assez au goût du jour. Le Cran d'Arrêt, tu vas pouvoir le refermer. Pour de bon.

– Hé là, objecta le patron, t'oublies que j'ai fait des travaux, j'ai rénové, moi. Elles sont plus à la turque, les chiottes. Ça m'a assez coûté. Et mon carrelage, c'est du moderne, mon carrelage, hein les gars, ça se voit que c'est du moderne.

Madoval s'agrippait à son carrelage et à ses chiottes comme tout à l'heure Comdinitch à la chaîne des siennes.

Failagueule se tut. Il en aurait encore eu à dire, mais le Cran d'Arrêt avait tourné silencieux.

Tout le monde s'était mis à penser.

– IL A RAISON, dit soudain Berland. Pas la peine de la lire cette lettre, fit-il en rempochant la sienne. Moi aussi, je pensais que ça allait venir, je peux pas dire que je m'y attendais pas. Mais tant que c'était pas là, hein ? Et pis là, ça y est.

– Ouais, dit Failagueule, mais on va pas se laisser faire. Pas question qu'on s'en aille. Moi, c'est décidé, je reste. Non, mais des fois, pour qui qu'ils nous prennent ? Hein, vous autres, on va faire quelque chose, non ?

Il se tut.

Plongés à présent dans leurs réflexions, eux autres étaient à peu près tous d'accord. Failagueule, du fond de son fauteuil, pouvait gueuler tant et plus, mais si quelqu'un voulait se débarrasser de lui, pas besoin de pousser très fort pour l'envoyer se faire oublier dans un fossé ou au fond d'un trou, même avec des clous dans les roues.

– Ben quoi, vous dites rien ?

Soudain moins sûr de lui, Failagueule se retut, tandis que le Cran d'Arrêt continuait à penser dans un silence épais que Madoval, après une minute ou deux, se résolut à briser :

– Le Docteur, il est au courant ?

On échangea des regards, certains avec eux-mêmes dans la glace horizontale derrière le comptoir, d'autres plus éloignés avec eux-mêmes aussi, mais dans celle verticale de la porte des vécés, d'autres encore avec leurs vis-à-vis.

– Il aurait peut-être une idée, le Docteur, suggéra Madoval. Faudrait lui en parler, de tout ça. Il pourrait trouver un moyen de nous sortir de là, non ?

Le Docteur, toujours le Docteur, qu'est-ce qu'ils avaient tous avec le Docteur, à lui accrocher cette majuscule comme une boule à la branche d'un arbre de Noël ?

– Vous croyez quoi ? dit Failagueule, qu'il va ouvrir sa boîte à outils et nous bricoler une solution ?

– Parfaitement, coupa Mésange, des solutions, il en a toujours trouvé quand on lui en a demandé.

Lorsque la conversation venait sur le Docteur, Mésange, il ne fallait pas la chatouiller. Elle se tourna vers Comdinitch.

– Tiens, vous, pour votre rêve tout à l'heure, heureusement qu'il est arrivé, non ? Sinon, vous y seriez peut-être encore à courir dans les égouts pour essayer de rattraper vous savez quoi.

Elle regarda Failagueule.

– Et vous, sans lui, sans le Docteur, vous l'auriez votre fauteuil ? Tout ce que vous pourriez faire, à cette heure, c'est passer vos journées à écouter défiler les camions de boue. Vous devriez avoir honte de débiner les gens qui ont eu de la gentillesse pour vous.

Si ça n'avait tenu qu'à elle, il n'y mettrait simplement pas les roues, au Cran d'Arrêt, Failagueule. Surtout maintenant avec ses clous qui vous perçaient les tympans et qui allaient foutre en l'air le carrelage paternel. Si en plus il lui prenait des envies de dépriser le Docteur, il allait avoir affaire à elle.

Mais Failagueule choisit finement de la fermer. Sur le chapitre du Docteur, le Cran d'Arrêt était chatouilleux. Et puis fallait admettre, il y avait le fauteuil, même si le modèle aurait pu être plus à son goût. Le fauteuil, c'était le Docteur.

– À propos, remarqua Madoval, il ne vient pas déjeuner, aujourd'hui ?

– Il est pas hachis, le Docteur, expliqua Mésange. Et vous, demanda-t-elle à Berland, ça vous a plu ? Donnez, je vais débarrasser votre assiette. Vous ne dites plus rien. Faut pas vous laisser abattre.

– Elle a raison, approuva Comdinitch, des fois même les emmerdes ça vous renforce.

Mésange emporta dans la cuisine l'assiette de Berland et celle de Comdinitch.

– La prochaine fois qu'il passera, le Docteur, reprit

Madoval, je lui en parlerai. Qu'est-ce que vous en dites, demanda-t-il au comptoir, qui émit une sorte de confus brouhaha en guise d'assentiment. Mais ce coup-là… conclut-il dans un hochement de tête dubitatif.

Failagueule effectua son demi-tour dans un grincement de dents général. Il sortit, laissant derrière lui un carrelage plus griffé que le dos d'un dompteur trop sûr de lui.

SI ON N'Y PRENAIT GARDE, le commerce, qui en demande déjà beaucoup, finirait par n'être plus que peine. Pour Madoval, la vie méritait qu'on la regarde passer.

Alors le Cran d'Arrêt ouvrait de bon matin. Plus tard on y déjeunait. Mais ensuite il fermait.

Madoval aimait son métier. La limonade, c'est utile, ça donne au monde de l'agrément. Mais attention, il avait une vie, Madoval, fallait pas l'oublier. Ses grilles de mots croisés par exemple, elles ne se remplissaient pas toutes seules, elles exigeaient de la concentration, du savoir-faire. Comme les verres, on ne les remplit pas à la légère.

Sans parler de ses oignons, qu'il n'aurait pas confiés à n'importe qui.

Au-dessus de la machine à café, la pendule indiquait quatorze heures.

Provisoirement.

Un parterre de marguerites noué autour de la taille, Mésange ressortit de la cuisine.

Son temps, elle aurait bien aimé commencer à le passer ailleurs. Elle avait poussé à l'ombre des chaises du bistro, explorant toute petite les labyrinthes ouverts entre les pieds des tables tandis que, l'air hautain, la toisaient les bouteilles perchées sur le comptoir. Ah, elles en menaient moins larges, celles-là, quand elle était devenue assez grande pour les attraper par le col et les vider dans l'intarissable gouffre des ballons d'apéritif. Elle avait appris à lire sur leurs étiquettes, et plus tard à compter en suivant les parties de 421. Et combien de marelles solitaires sur le carrelage du Cran d'Arrêt ?

Près de la pierre de Rose, là-haut, Mésange avait aussi appris les chants des oiseaux, ceux qui s'appelaient comme elle, et les autres. Silencieuse, elle les avait observés. Printemps après printemps, opiniâtres, les petits s'épuisaient à tenter de voler et s'élançaient enfin vers des ailleurs que Mésange habillait de ses rêves.

Où était-il, son ailleurs ?

La boue l'avait-elle déjà recouvert ?

Elle questionnait parfois Comdinitch, lui qui en avait tant vu. Mais il restait toujours très vague, comme s'il avait oublié, comme s'il ne se souvenait plus d'où il était arrivé.

Ou comme s'il préférait ne pas s'en souvenir.

– On ferme, lança Mésange à l'adresse de la dernière cliente, attablée au fond de la salle devant une tasse vide.

Elle ne l'avait jamais vue. Elle était entrée discrètement juste avant l'arrivée de Berland et s'était assise là, après avoir commandé un tilleul au comptoir.

Mésange avait parlé suffisamment fort pour être entendue du comptoir, mais la cliente ne bronchait pas.

– On ferme, répéta Mésange un peu plus distinctement.

– Va te faire sucer.

Mésange avait commencé à balayer, aussi le balai chut-il. Incrédule, elle s'approcha de la table, d'où la cliente lui lança :

– Saloperie de putasse !

Un soupçon moins incrédule, mais pas vraiment sûre non plus, Mésange s'arrêta, se retourna et prit le temps de ramasser son balai.

La cliente repoussa sa chaise, se leva et fit dans la sciure deux pas à la rencontre de Mésange, qui avait commencé à retrousser les manches de son tablier.

– Mes exc... Merde, dit l'inconnue.

Son visage, jeune, était creusé, barré de lunettes rondes, coiffé d'un chignon roux perché comme un nid de moineaux. Le col roulé d'un pull-over beige fraisait son cou maigre.

– C'est ma maladie, bredouilla-t-elle. Quand j'ai une crise salope ça con sort tout seul je ne peux rien chiottes faire que des gros mots je ne peux bordel de merde rien contrôler vraiment je suis merde désolée con merde je merde m'excuse.

Les traits crispés racontaient la bagarre qu'elle était en train de perdre, là, tout de suite. Elle recula et se laissa retomber sur sa chaise.

Le manche du balai bien en main, Mésange la considéra en silence. Elle avait entendu parler de ce truc.

Par Comdinitch.

Il les avait fait bien rire, un midi, avec une histoire là-dessus, une histoire particulièrement émaillée de gros mots. C'était une maladie, une sale maladie, parce qu'avec celle-là, de maladie, on en disait tout le temps des gros mots, à tout le monde, et partout, dans la rue, dans l'autocar, n'importe où et n'importe quand. Et surtout, ce qu'était marrant, avait ajouté Comdinitch, c'est que les gens autour, ils ne pouvaient rien dire, parce que c'est une maladie. En général, ils faisaient semblant de ne pas entendre, mais des fois, celui qui l'avait se faisait taper dessus. Ou sinon, les gens tournaient la tête pour se marrer.

Une sale maladie.

Là, face à ce visage défait, Mésange n'avait pas du tout envie de rigoler.

– Tourette, prononça la cliente en réponse à une question posée avec les yeux.

– Tourette, répéta Mésange en regardant la jeune femme, c'est joli Tourette. C'est votre nom ?

La cliente ne répondit rien. Un peu calmée, elle réfléchissait. Elle était parvenue à retenir sa langue un instant et semblait vouloir profiter de ce répit.

– Bon, ben Tourette, comme je vous disais, on ferme. Il va falloir que vous vous en alliez.

– Je ne pourrais pas rester un peu chiottes je sens que c'est en train de passer. S'il vous plaît, demanda la jeune femme, les doigts crispés sur sa tasse vide.

– RESTEZ PENDANT QUE JE BALAIE, proposa Mésange. Vous avez l'air toute secouée.

Elle commença à retourner les chaises et à les poser sur les tables.

– Votre sac enlevez-le, il va être plein de sciure.

Un peu remise, la cliente obéit, se leva à nouveau et attrapa le dossier d'une chaise qu'elle retourna d'un geste souple.

– Laissez donc, dit Mésange.

– Non, je vous aide. Je n'aime pas rester à ne rien faire.

– Vous êtes une manuelle, j'ai l'œil.

– Manuelle, si on veut. Je suis musicienne, alors oui, je me sers de mes mains, de mes doigts surtout.

– Vous jouez d'un instrument ?

– Du comonion.

Elle avait enrobé ce mot d'un sourire empreint de douceur, celui qui vient quand on évoque quelque chose qu'on aime.

Ou quelqu'un.

– Moi, la musique, ça me plaît, fit Mésange. Et à mon père aussi.

– La musique c'est beau, approuva la cliente.

– Je vous crois… Comdinitch, une fois, il nous a dit que sans la musique, la vie serait…

– Une erreur.

– Vous le connaissez ?

– Qui ?

– Comdinitch.

– Non… J'ai l'impression que la crise est passée.

– Sans rien faire ?

– C'est d'avoir parlé avec vous.

– Vous jouez de quoi au juste ? Comment vous avez dit ?

– Du comonion, répéta la cliente. Vous voulez voir ?

De la poche de son imperméable vert la cliente tira un petit étui.

– C'est minuscule, observa Mésange.

– Oui, je l'ai tout le temps avec moi. Je l'emporte partout.

– Je peux voir de plus près ? demanda Mésange en tendant la main.

La cliente lui confia l'instrument.

– Il n'y en a pas beaucoup, expliqua-t-elle. Celui-ci, c'est ma grand-mère qui me l'a donné, ajouta-t-elle en confidence, il est vieux.

– C'est pour quoi faire, ces petits boutons ?

– Pour l'harmonie, répondit la cliente. On joue avec tous les doigts, comme si on tricotait les notes.

– Avec les pouces aussi ?

– Oui, parfois. Et si les doigts se plaisent, ils jouent tout seuls.

– Et ces petits trucs plats ?

– Des lamelles. On les tire ou on les pousse.

– Comonion, c'est drôle. C'est vrai que ça ressemble à un oignon.

– Oui, n'est-ce pas ?

– Votre grand-mère, elle vous en jouait ?

– Non.

– Ah, fit Mésange déçue, pourquoi ?

La jeune femme hésita.

– Elle n'a pas eu le temps. Vous en avez, vous, des grands-mères ?

– J'ai mon père, dit Mésange en rendant l'instrument.

Elle indiqua la porte à battant.

– Derrière. À moins qu'il ne soit sorti pour s'occuper des siens, d'oignons. Pour le hachis. Ils ne font pas de musique ceux-là. Dites, vous ne voudriez pas me jouer un petit air ?

– Tout de suite ?

– Si vous avez envie, bien sûr.

La cliente regarda un instant Mésange.

– Alors pour vous, fit-elle.

Le minuscule instrument se mit à égrener des grappes de notes cristallines, suivies d'accords moelleux et chauds comme une poitrine de nourrice.

Mésange s'était assise et tapotait en rythme le coin d'une table de bois sombre frappé au sceau de tous les verres qui y avaient posé le pied. Au bout de cent quarante-deux secondes la cliente s'arrêta de jouer.

– Je ne veux pas vous embêter, expliqua-t-elle.

– Ce que c'est beau, dit Mésange. Mais triste, non ?

– Ça fait pleurer. Comme l'oignon.

– Pas tous. Ceux de mon père, ils sont très doux. Vous avez appris où ? demanda Mésange.

– Chez moi, toute seule, quand j'étais petite.

– Toute seule ?

– Toute seule.

– C'est difficile ?

– Au début. Il ne se laisse pas apprivoiser du premier coup, cet instrument. Mais j'avais tout mon temps, je n'étais pas dérangée. J'en ai profité pour apprendre d'autres choses aussi.

– Quoi ? La géographie ? demanda Mésange. Les pays, les voyages ?

– Non, mais pas loin.

– Dites.

– Le Code de la route. Je l'ai appris toute seule.

– Le Code de la route ? C'est facile ? Plus que la musique, non ? Vous ne voudriez pas en jouer, quand y aura des clients ? Ah là là, ce qu'ils vont aimer. Et mon père aussi.

Mésange s'interrompit :

– Mais au fait, qu'est-ce qui vous amène ? Ce n'est pas

souvent qu'on voit des gens nouveaux par ici. Vous êtes en visite ?

– Non, je suis venue à tout hasard… chercher du travail. Dans la musique, si possible…

Elle se tut un instant.

– Je n'ai rien trouvé. Il n'y a pas grand monde dans les rues.

– De moins en moins, confirma Mésange.

Pensive, elle marqua une pause.

– Votre maladie, pas de chance. Vous avez ça depuis longtemps ?

– Depuis petite. Au début, vers mes cinq ans, un gros mot par-ci par-là, et puis de plus en plus. Moi, je ne comprenais pas.

– Je veux bien vous croire, c'est pas ordinaire une chose pareille.

– Les gros mots, ils me pesaient sur la langue et ils avaient mauvais goût. Je n'aimais pas du tout en dire, mais je ne pouvais pas m'en empêcher. Je les sentais arriver, et j'essayais de les ravaler, mais ils passaient toujours, même en serrant les dents. Allez faire comprendre que je ne le faisais pas exprès. Ah j'en ai pris, des gifles. Les autres ne voulaient pas me parler, ou seulement pour m'en faire dire encore plus, pour se moquer. J'ai commencé à préférer rester toute seule. Je me suis mise à la musique. La musique, quand on sait la jouer, elle ne dit jamais de gros mots.

– Et la maladie ?

– Les crises ne me laissent pas tranquille. Là tout de suite, je me sens mieux, mais ça ne va pas durer.

– Pas de remède ?

– Je prends des cachets.

– Des cachets ?

– Merde oui saloperie qu'est-ce que je disais bordel !

Elle sortit un tube de sa poche.

Mésange n'avait jamais eu besoin de pharmacie. S'il fallait des cachets, pas de doute, c'était grave.

– Je vais vous chercher un verre d'eau, dit-elle.

– Il est vide, s'inquiéta la jeune femme en montrant le tube.

Mésange lui tendit le verre et sa main droite.

– Buvez.

– À propos, fit-elle, je m'appelle Mésange.

– Merci, moi c'est...

– Tourette. Vous c'est Tourette, coupa Mésange qui trouvait ce prénom très joli et seyant.

Un autre conviendrait beaucoup moins bien à cette fille.

– Vous, répéta-t-elle, en lui serrant la main, c'est Tourette, ça rime avec fleurette. Comme la crème. Si vous voulez du travail, Tourette, je vous prends avec moi à la cuisine. Papa sera d'accord. De toute façon, il veut toujours ce que je veux. Et si vous nous faites un peu de musique, personne ne s'en plaindra.

Mésange avait encore en tête Berland et la lettre. Entre la boue qui continuait d'arriver et les travaux qui menaçaient, le Cran d'Arrêt devait se changer les idées. La musique de Tourette tombait bien.

– Vous voyagez juste avec ce sac ? Il n'est pas bien grand.

– Je n'ai pas grand-chose à y mettre.

– Exactement ce que dit Comdinitch, remarqua Mésange. Quand on ne sait pas où on va, inutile d'y aller chargé. Vous êtes sûre, vous ne le connaissez pas ? Si vous avez besoin de vêtements, il y a le téléphone.

Mésange alla ranger le balai et le seau de sciure puis revint décrocher son châle au perroquet près de la porte.

– Je vous emmène, fit-elle.

– Où ça ? demanda Tourette en se levant.

– Chez le Docteur. Des cachets, si vous en avez besoin, il vous en donnera. Avec le Docteur, tout va toujours mieux. Par ici, quand ça ne tourne pas rond, c'est toujours à lui qu'on s'adresse. Il sait peut-être la soigner, votre maladie, le Docteur.

– Pute pute pute vous croyez ?

– Ah, fit Mésange, ça recommence ?

– Je t'emmerde.

– En route.

L'APRÈS-MIDI, L'APRÈS-MIDI... Curieux, songeait le kelpie, on ne l'a presque pas vu aujourd'hui. C'est déjà le soir... Comme si la journée avait décidé de lui passer le relais plus tôt que d'habitude... Mais pourquoi ? C'est-il qu'elle sentait arriver quelque chose et qu'elle n'avait pas envie d'être là, la journée ? Le kelpie s'enfouit le museau dans la paille.

La pluie avait eu beau tomber tout l'après-midi, il en restait de pleins seaux pour le soir et la nuit. Devenu frileux avec l'âge, le kelpie était rentré se coucher au fond de la niche. Resté seul dehors, le schipperke dormait d'un œil vigilant.

Le métier.

Le poil mouillé de son dos espérait un ou deux rayons de lune pour briller. Ouvrant soudain l'autre œil, le schipperke porta tout son regard sur la route.

D'abord des petits points, et puis des taches, de plus en plus grosses, et enfin des silhouettes.

S'approchant encore, des hommes.

Quatre sur une ligne hérissée en travers de la route boueuse.

Tiens, tiens, se dit le schipperke. Ça change des camions…

Trois minutes et quarante-huit secondes plus tard, les hommes s'arrêtèrent. Une lourde chaîne, mordue aux deux extrémités par l'anneau d'un gros cadenas, courait entre les mailles du haut grillage. Réveillé par le bruit des pas, le kelpie avait rejoint le schipperke à l'entrée, et ils s'étaient mis à aboyer ensemble. Ces deux chiens qui gueulaient, ça ôtait l'envie d'y aller voir à l'intérieur. Quand on a un peu l'habitude des chantiers, les chiens de garde on sait qu'il vaut mieux ne pas trop s'en approcher.

Deux des hommes s'assirent sur une grosse pierre de l'autre côté de la route, sortirent chacun de leur poche un paquet de tabac et se mirent à rouler des cigarettes. Les deux autres, debout, essayaient d'apercevoir quelque chose derrière le grillage. Il ne faisait plus très clair. On leur avait dit que le gardien du chantier serait là, mais manque de chance, juste ces deux chiens. Pas le choix, ils devraient attendre. Trop tard aujourd'hui pour que les gars viennent livrer.

Ça ne sentait pas très bon, depuis l'arrivée de ces nouveaux venus. Le schipperke éternua. L'odeur des hommes et du tabac, il ne s'y ferait jamais. Il n'avait jamais su laquelle des deux l'incommodait le plus, mais l'une comme l'autre puait.

Le kelpie, les odeurs le laissaient indifférent. Il avait toujours eu beaucoup de flair mais très peu d'odorat. Plus jeune, il lui était arrivé de se demander s'il n'aurait pas plutôt dû devenir chien policier.

Bah, à quoi bon regretter ?

À l'aboiement avait succédé une espèce de grognement ventral malaisé à produire mais très convaincant et qui, de surcroît, permettait de montrer les crocs. Pas peu fiers de ces attributs carnassiers, les deux chiens en prenaient un soin jaloux, presque maniaque, tel un samouraï le fil de sa lame. L'occasion offerte de les exhiber fut saisie. Leurs alignements dentaires produisirent sur les nouveaux venus l'effet requis.

Sur la route, on se tenait à distance.

Qu'est-ce que c'était que ces individus ? Les chiens ne se souvenaient pas les avoir vus auparavant. Ni sentis.

Ah, attends…

Attends, ça me revient… J'ai déjà vu ces têtes-là quelque part. Le kelpie se mit à fouiller ses souvenirs comme un brocanteur son arrière-boutique pour un client en quête de pas ordinaire.

Fouille, fouille, farfouille…

Ça y est, ça lui revenait au kelpie. Il avait vu ces types-là, tous les quatre, sur un chantier bien sûr…

Fouille, fouille, farfouille…

Ils assemblaient des segments de grue. Ces gars étaient des assembleurs de segments de grue.

Ça lui revenait... Quatre, cinq ans ? Attends... Oui, cinq ans.

Fou comme ça passe, une vie de chien.

Pas de danger qu'il les oublie. Le barouf qu'ils avaient pu faire, ces quatre pèlerins. Un jour on avait plus entendu qu'eux. Pas contents du tout. On les prenait pour des cons. Fallait pas exagérer, merde. Tout ce chemin juste pour se faire foutre de leur gueule. Qui c'était le responsable ? Où c'est qu'il était ? Ils allaient le trouver, le responsable, et s'expliquer avec lui. Une matinée entière, ils avaient gueulé. Les gars gesticulaient à huit bras et postillonnaient à qui mieux mieux. Le kelpie s'était tenu à l'écart. Dans ces situations, un chien a vite fait de récolter quelques coups de tatane coléreux. Pas facile de les comprendre, les gars parlaient tous en même temps. Personne bien sûr ne s'était donné la peine de venir les écouter. Un responsable ? Ils pouvaient toujours courir. Finalement, le kelpie avait réussi à saisir ce qui les avait mis dans cet état. Les segments, c'était pas les bons. Il y en avait un camion plein, et pas un petit, de quoi monter deux ou trois grues. Sauf que les segments, eh ben ils ne jointaient pas. Pas un qui rentrait dans l'autre. On les avait chargés sans faire gaffe. C'était rare, mais quand ça arrivait, comme là, tout le monde se retrouvait bien emmerdé. D'un autre côté, faut comprendre, la ferraille, ça reste de la ferraille. Les chargeurs avaient rempli le camion et apporté le matériel. Après, que les autres se démerdent, c'était pas leur affaire.

Résultat, les gars avaient eu beau se poster bien en face les uns des autres pour ajuster avant de pousser, comme on fait toujours dans ces cas-là, rien à faire. Impossible d'en mettre deux bout à bout, des segments. Ils n'avaient pas compté leur temps, ils s'étaient donné du mal. Avec la sueur qui leur dégoulinait partout et des grognements de cochons quand ils poussaient. Mais tu peux toujours y aller, si les trous ne sont pas exactement alignés, pas besoin d'être malin pour comprendre qu'on pourra pas boulonner.

Alors, on se foutait pas de leur gueule ? Des fois, j'te jure ! Ils essuyaient la sueur de leurs visages avec ces gros gants dégueulasses qui leur laissaient des traînées noires sur le front et les joues, et ils se remettaient à pousser. Je t'en fiche. T'auras beau t'escrimer, quand ça veut pas, ça veut pas.

Personne n'était venu les écouter. Ils étaient repartis en laissant sur place les tas de segments déchargés. Ça n'avait pas empêché le lendemain d'autres gars de venir recharger la ferraille sur les camions. Une belle réussite, le coup des segments. Ce qui s'était passé ensuite, le kelpie n'en savait rien.

Il était parti vers un autre chantier.

– BON, fit un des hommes quand il eut fini de tirer sur sa cigarette, on va pas rester là à attendre en plein vent sous la pluie. On cherche un bistro, on boit un coup et on revient.

– En plus on se caille, approuva l'autre fumeur. Je viens avec toi. Un bistro, ça se trouve.

Ils se levèrent et se mirent en chemin.

Les deux autres s'éloignèrent du grillage du chantier et les rejoignirent pour former à nouveau cette ligne sur la route.

Ils n'avaient pas parcouru plus de cent quatre-vingt-sept ou huit mètres qu'une voiture qui venait en sens inverse s'arrêta à leur hauteur.

– C'est pas vous les assembleurs, par hasard ? demanda le conducteur en baissant la vitre maculée de boue.

– C'est nous.

– Pas trop tôt. Je vous attendais ce matin. Moi, je suis le pilote, alors j'espère que ça va bientôt être prêt, que je puisse m'y mettre. Je n'ai pas que ça à faire. Des chantiers, il va s'en ouvrir partout. Faut pas traîner. J'ai essayé d'appeler vos patrons ce matin, mais ils n'ont pas le téléphone dans ce bistro, juste la cabine. Pleine de vieilles fringues, je vous demande un peu. Pas des ordinaires, par ici. Bon, l'important c'est de vous avoir trouvés. Alors vous retournez au chantier et vous attendez la livraison.

– On en vient, du chantier, y a personne. On croyait trouver le gardien, mais y a que des chiens. Des pas commodes.

– Il a dû recevoir ses instructions. Il ne va pas tarder. Les gardiens, c'est jamais les mêmes. À la Direction, ils prennent n'importe qui. Pas comme nous, les pilotes, on ne court pas les rues.

On ne se prend pas pour n'importe qui non plus, pensa un des gars en attaquant la confection d'une nouvelle cigarette. Entre sa casquette et sa barbe, il doit se sentir la tête à l'étroit, celui-là. Sous prétexte qu'on regarde le monde de haut depuis sa cabine, on se croit supérieur. Mais si nous on les ajustait pas, les grues, comment ils feraient pour monter se percher dessus, hein, comment ?

– Bon, continua le pilote. Il va falloir vous y mettre, j'attends pour grimper.

– Le camion n'est pas arrivé, dit le gars, sa cigarette complètement roulée au bec. D'y aller maintenant, ça sert à rien.

– Merde !

Le pilote consulta sa montre.

– Trois heures, dit-il, trop tard pour une livraison. Ils ne viendront pas avant demain. Ça va encore me foutre en retard. Saloperie de boue, regardez, plein la bagnole.

– Trois heures ? fit le gars en allumant sa cigarette. C'est sûr ?... Il fait sombre, pour trois heures. Possible que les segments soient bloqués quelque part. Ils ont dû accélérer les rotations des camions de boue, c'est prioritaire.

– Au chantier, vous avez de quoi dormir cette nuit ?

Les autres ne répondirent pas tout de suite. Ils se demandaient où était passé l'après-midi.

– On a nos sacs et nos tentes. Mais là, on était partis pour aller boire un coup et manger un morceau. Il est où le bistro ?

– Celui de la cabine sans téléphone ? Il ferme après le plat du jour. C'est un bistro apéro-plat du jour. C'est écrit sur la porte.

– Ah, je vous jure, ici, c'est pas comme ailleurs ! Merde, j'ai jamais entendu ça, un bistro qu'est fermé le soir, dit le gars avant de se consoler d'une longue bouffée.

Les autres se consultèrent en silence. Eux non plus n'avaient jamais entendu ça.

Des fois on croit avoir tout entendu, et puis un soir, au bord d'une route boueuse, on découvre qu'il en reste.

– Le mieux, je vous répète : vous retournez au chantier et vous vous installez. Il finira bien par arriver, le gardien.

– Avec les chiens sur le chantier, on va pas pouvoir.

– Y a un pré en face, non ? Vous n'aurez qu'à dormir dedans.

– Tu parles, avec la gadoue…

Le gars jeta son mégot dans la boue.

Le pilote réfléchit un instant.

– J'ai des bâches dans le coffre. Prenez-les. Vous pourrez les étaler pour dormir au sec.

BEAUCOUP MOINS PRESSÉ que le matin, Berland n'avait pas coupé par le Bois en rentrant du Cran d'Arrêt. Ça rallongeait pas mal sur la route, d'accord, et on avançait pas vite avec la boue, mais le Bois, s'il pouvait éviter d'y passer, il préférait. Comme tout le monde, Berland avait souvent entendu Comdinitch raconter l'histoire du type, des gendarmes et de la main. Comme tout le monde, il lui arrivait de se demander comment ça s'était terminé. Une histoire pas finie, même une vieille, ça ne vous laisse jamais tranquille…

Chemin faisant, il avait ressassé les événements du jour, et ressasser n'était guère de son goût.

Mais pas moyen de s'y soustraire.

Berland avait marché et pensé, pensé et marché.

Une fois les travaux finis, le chantier n'en serait plus un, il faudrait partir. Bah, il irait garder ailleurs, des chantiers il en poussera toujours.

Il repensa à l'autre, dans son fauteuil. Lui, il avait sa

maison, normal qu'il y tienne. Mais de là à entrer en résistance… Difficile de s'arc-bouter quand on ne peut même pas tenir debout.

La nuit s'était presque installée lorsque Berland arriva en vue du chantier. Déjà ? songea Berland. D'ordinaire il ne mettait pas si longtemps à rentrer. Dans la pénombre, il distingua au loin des silhouettes près d'une voiture à l'arrêt. Ça avait l'air de discuter. Pas de danger qu'on l'entende arriver, la boue étouffait le bruit de ses pas.

Dissimulé derrière les peupliers, Berland parvint à s'approcher suffisamment pour entendre la conversation.

– On retourne au chantier et on monte la tente pour la nuit. Pourvu que le camion se pointe de bonne heure. Regardez, encore un qui passe.

Un camion de boue à la benne bossue croisa le petit groupe sans ralentir.

– Pas envie de s'éterniser dans ce coin-là.

– C'est vrai, admit le pilote, comme villégiature on fait mieux. Je vous laisse.

Il redémarra. Avec la pluie, on n'y voyait rien. Les essuie-glaces tartinaient le pare-brise d'éclaboussures brunes.

Furtif comme une œillade clandestine, Berland fit demi-tour et s'évanouit dans l'obscurité boueuse.

LES GARS DURENT BAGARRER pas mal avec des ronces obstinées, jalouses, agrippées à la clôture à vaches. Finalement, ils réussirent à étendre les bâches sur l'herbe spongieuse. La tente les protégeait de cette pluie résolue à leur gâcher la nuit. À l'intérieur, les deux fumeurs fumaient et, le schipperke avait raison, les quatre hommes puaient. Ils avaient marché longtemps et ne furent pas longs à s'envelopper de haillons de sommeil. Les mauvaises odeurs n'empêchent pas les hommes fatigués de dormir.

Le bruit, si.

La lumière aussi.

Le premier réveillé regarda sa montre. Des phares puissants arrosaient l'intérieur de la tente.

– Putain, c'est pas vrai ! Pas à cette heure-ci, merde !

Les autres sortirent à leur tour des sacs.

– Debout là-dedans ! Livraison. Les segments. On a réussi à passer, mais on est pressés. Pas question de se laisser coincer par la gadoue. Faut décharger en vitesse.

– Ça vient, fit un des hommes en émergeant de la tente. Mais c'est pas une heure.

– Vous plaignez pas, on est là, c'est déjà ça. Nous demandez pas comment. Où vont-ils chercher toute cette boue ? Pas possible, ils la fabriquent… On vous donne la main pour décharger, vous assemblez, vous hissez, et dès que c'est fini, on se tire tous ensemble. Traînez pas, hein.

– Et les chiens ?

– On leur a balancé une cage dessus, on fait toujours ça, le temps de terminer le boulot, les rassura le type en se grattant la moustache d'un ongle agacé, comme si elle et lui n'avaient pas encore eu le temps de faire connaissance. Dès qu'on a fini, on récupère la cage pour la prochaine fois. Allez, assez bavardé, magnez-vous. Y a un deuxième camion juste derrière, avec d'autres gars pour aider. On n'a pas qu'ici comme chantier, nous autres, conclut-il avant de retourner achever de couper le cadenas du grillage.

Le second camion arriva presque aussitôt et les occupants de la cabine se joignirent à eux. Dix courtes minutes plus tard, les segments déchargés dans le chantier, tout le monde s'attela à l'assemblage.

Trois des quatre monteurs qui avaient dormi dans le pré achevaient d'enfiler une paire de segments quand le quatrième les rejoignit.

– Hé les mecs, vous remarquez pas quelque chose ?

Les autres se consultèrent d'un coup d'œil.

– Ben ouais, fit l'un d'eux, ça cloche c'est sûr.

– Qu'est-ce qu'on fait ? demanda le premier, on le signale ?

– Faudrait.

– Mais à qui ?

Les assembleurs étaient revenus en s'imaginant trouver le gardien sur place, et que tout serait prêt pour se mettre au boulot. Et puis personne…

Et maintenant les deux chauffeurs pressés de repartir.

– Qu'est-ce qu'on y peut, nous ?

– Rien. On n'y peut rien.

– Alors on dit rien. De toute façon, c'est toujours pareil.

– Tout le monde s'en fout. Allez, on les monte et on embarque en vitesse avec les autres. Regardez, ajouta le premier en montrant la cage, les chiens s'énervent. Leurs crocs, vous les avez vus ? Des pinces-monseigneur, des grosses.

Le vrombissement impatient d'un moteur l'interrompit.

– En plus, tout le monde est pressé. Y en a combien ? Trois ?

On ne perdit pas de temps. Le montage expédié, les camions chargés d'hommes disparurent bien avant que l'aube n'ait pu les surprendre.

CEPENDANT QU'ALERTÉ PAR FAILAGUEULE, le Cran d'Arrêt s'efforçait de chercher des solutions, Synxter au volant du nez de cochon, de la pointe de ses sandalettes, passait d'une pédale à l'autre avec la virtuosité d'un organiste de cathédrale. À côté de lui, le Docteur, ombrageux, se taisait. En venant s'installer dans ce coin, il avait espéré ne pas avoir à recommencer, et puis là encore, impossible de se poser. Trop de boue, plus de patients... Tout s'encrassait, se bloquait.

Une aubaine, ce Synxter.

– Enfin, souffla-t-il tandis que Synxter garait l'utilitaire au pied du cabinet, derrière la Chenard soigneusement rangée par Comdinitch. Tu as vu le temps que ça nous a pris. Et il n'y a pas de raison que ça s'arrête. À ce rythme, la boue va bientôt bloquer toutes les routes.

– On ne va pas se laisser coincer ici, Docteur ?

– Pas question. On part.

– Moi, reprit Synxter, si vous me dites que c'est le

moment, je vous crois. J'ai pas de raison de rester. Leurs bagnoles, ils n'auront qu'à venir les reprendre dans ma cour. Mais je suis bien sûr que personne ne les réclamera. Les propriétaires sont partis. Tous ces moteurs, ces cardans et ces courroies, ça ne va pas beaucoup leur manquer. Presque tous foutus, bouffés par la boue. Vos machines au moins, celles qu'on a réglées ensemble, elles sont à l'abri. Faut en connaître un rayon pour régler des mécaniques comme ça. Avec vous, Docteur, on en apprend tout le temps, on s'instruit. Alors, si vous partez, je vous suis. On continuera de les bichonner, vos trouvailles. Il y en aura d'autres, Docteur, non ?

Le Docteur ouvrit la double portière arrière du nez de cochon. Sous la banquette gauche, il avait déjà rangé trois boîtes à outils et des cartons de revues automobiles.

– Celui-ci, je m'en occupe, dit-il. Toi, tu prends la Chenard et tu retournes au garage récupérer ce qu'il reste à emporter. Les outils surtout, c'est précieux les outils. Prends aussi des jerrycans de carburant. Dès que tu es de retour, on part.

– Vous ne préférez pas qu'on aille là-bas ensemble ?

– Non. Il me reste quelques cartons à charger.

– Quand même, dit Synxter en démarrant la Chenard, ça ne fera pas le compte.

– Je sais, dit le Docteur, le Sawyer… Allez, à tout à l'heure.

Le Docteur remontait les marches du perron quand il entendit quelqu'un l'appeler d'une voix essoufflée.

– Docteur, Docteur, s'il vous plaît.

Il se retourna.

– Mésange ?

– Excusez, Docteur. Je n'ai pas pu vous prévenir. Le téléphone… Je suis avec une amie. Est-ce que vous pourriez la voir, s'il vous plaît ?

– Tu tombes mal, je suis pressé. Bonjour, dit tout de même le Docteur en tendant la main à Tourette.

– Fais chier.

– Tourette ! s'exclama le Docteur.

– Vous vous connaissez ? demanda Mésange, éberluée.

– Crise aiguë, diagnostiqua le Docteur. Suivez-moi, je vais vous examiner, ajouta-t-il.

Il gravit à nouveau les marches du perron, passa la porte puis s'effaça pour laisser entrer dans son cabinet les deux visiteuses.

Vierges de tout ornement, les murs avaient la couleur du tilleul à l'automne. Sur une étagère, quelques flacons semblaient épier les occupations du Docteur.

Tourette se jeta dans le fauteuil de velours vert, et tournée face au mur colla ses mains contre sa bouche.

– Ope ! on, rde ! ute ! va ch, nard !

La bagarre avait repris, l'ordure était à l'offensive.

Tourette ne parvenait pas à contenir l'assaut.

Mésange regarda le Docteur et se pencha vers la jeune femme.

– C'est grave ? demanda-t-elle.

– C'est sérieux.

Il s'approcha du fauteuil de Tourette.

– Tu la connais depuis longtemps ?

– Je ne l'ai jamais vue. Elle a besoin de cachets.

– Non, pas de cachets, dit lentement le Docteur.

Il s'était pourtant promis de ne plus y descendre. Au fond, dans l'insondable crapulerie des vraies maladies, dans la douleur, la misère. Tout ce qui rampait, souffrait, se contorsionnait. Les ongles brisés, accrochés au fil ténu des espoirs vains. L'ombre fuyante des guérisons impossibles, l'illusion tenace de remonter, pour finir toujours par s'engloutir dans la fange de l'irrémédiable.

– Tu veux bien attendre à côté, Mésange ?

Mésange sortit sans un mot. Trois chaises de bois, une table basse garnie de quelques revues automobiles. Silencieuse, la salle d'attente aux murs beiges semblait lui conseiller la patience. Le Docteur ferma la porte, descendit le store, éteignit la lampe sur son bureau et alluma une petite veilleuse posée sur une pile de magazines près du fauteuil.

– ARRÊTE DONC DE CHIALER comme ça.

– C'est la maîtresse, hoqueta la petite.

– Quoi, la maîtresse ? Fais voir ta joue. Elle t'a encore foutu une baffe, la maîtresse, que t'as la joue rouge comme ça ? Tu vas le dire, oui ? Elle devait avoir une bonne raison. Tu vas le dire ou c'est moi qui va t'en coller une autre. Tiens, je sais pas ce qui me retient.

La gifle était tombée, brûlante.

– Merde con.

La main du père s'abattit contre l'oreille de la petite.

– Ça va pas, non, t'es donc enragée à présent ? Je vais t'apprendre, moi, à en dire, des ordures. Si t'as parlé comme ça à l'école, ça m'étonne pas que la maîtresse elle t'a corrigée.

– Qu'est-ce qu'il y a encore, qu'on vous entend depuis dehors ? demanda la mère en entrant.

– Y a qu'elle dit des ordures, voilà ce qu'il y a. Et que à cause de ça, la maîtresse va bientôt plus vouloir d'elle. Et moi non plus, ajouta le père dans un postillon.

– Ben qu'est-ce qui te prend maintenant ? demanda la mère. C'est le vice qui te prend ? Et regarde-moi quand je te parle. Tu tournes mauvaise ? L'âge bête, t'as pas attendu d'y être. Quand même, tu commences un peu tôt. Et tu te figures pas qu'on va te laisser faire, non, des fois ? Des gros mots, c'est ça qui te plaît ? Eh ben, t'en diras pas ici, devant moi et ton père, des grossièretés. Va donc te laver la bouche, on t'a assez vue.

– Et pis entendue, aussi. Allez, file, qu'on te dit.

– Va falloir qu'on la serre. Pour de bon.

– Tu penses bien que si la maîtresse l'a punie, elle avait ses raisons.

– La raison, c'est les saletés qu'elle dit c'te bourrique. La v'là la raison. Elle vient de m'en sortir. Devant moi.

– Je me demande d'où qu'elle tient ça, dit la mère en regrettant aussitôt sa question.

– Oh, pas la peine d'aller chercher bien loin.

La mère regarda un instant le père en silence.

– Tu vas pas recommencer ?

– De ta mère ça vient, c'est de là que ça vient. De ta mère. Fais donc pas comme si tu le savais pas.

La porte était ouverte sur le couloir sombre.

– Et puis d'abord, ta mère, qu'est-ce qu'il lui a pris de partir, qu'on sait même pas où qu'elle est ? Des façons de pas grand-chose. Note qu'on la regrette pas, celle-là.

– Tu vas quand même pas te plaindre qu'elle est plus là, à présent. D'abord, on le sait où qu'elle est. Dans un bois, tu m'l'as dit toi-même.

Elle s'interrompit, soupçonneuse :

– Et d'abord comment que tu le sais ?

– On me l'a rapporté, dit le père.

– Oui ? Eh ben, vaut mieux qu'on ne le sache pas. Parce que les femmes dans les bois… Et pis, si on n'a pas de nouvelles, je me dis qu'elle s'y trouve peut-être à son aise, dans ce bois.

– De toute façon, maintenant, même s'il lui était arrivé quelque chose, on le saurait pas.

– Qu'est-ce que tu voudrais qu'il lui soit arrivé, à ta mère ?

– Je sais pas. Dans les bois, il s'en passe.

– En tout cas, ta mère, elle n'est plus là pour se mêler de comment qu'on l'élève, la gosse. Et tant mieux. À votre place moi je ci, moi je là… Tu parles d'un serin ! À la fin, j'y avais dit, tu te rappelles, j'y avais dit à notre place vous y êtes pas. La vôtre, de place, c'est de pas vous mêler. Pas vous qu'allez l'élever, cette gosse-là.

– T'avais raison. C'est nous ses parents qui l'élèvent.

– Pas ta mère.

– Pour les élever, qui c'est qui sait, les parents, oui ou non ? On est d'accord. Et des gros mots il n'en faut pas, un point c'est tout.

– Et la vieille, qu'elle y reste dans son bois. Pas moi qu'ira la chercher.

– TU PEUX RENTRER, Mésange.

Tourette dormait dans le fauteuil de velours vert.

– Elle va se réveiller, dit le Docteur.

– Vous l'avez guérie ?

– Soulagée… Enfin, j'espère.

– Je peux la ramener ? Elle va m'aider au Cran d'Arrêt.

Le Docteur ne répondit pas.

– Vous ne voulez pas que je la ramène ?

– Mésange…

– Docteur ?

– En venant, vous avez marché dans la boue, non ?

– Oui, excusez. Pas possible de faire autrement. On vous en a mis sur le tapis. Il y en partout dehors. De plus en plus. Si ça continue…

– Ça continue, dit le Docteur. La boue est en train de tout recouvrir. Les rues, les gens. D'abord les souliers, et puis… Mésange, on ne peut plus rester ici.

– Ils en parlaient de ça tout à l'heure chez nous. Ils

voulaient vous demander des conseils. Docteur, vous croyez vraiment qu'on va être recouverts ?

Le Docteur regarda la jeune fille gagnée par une soudaine inquiétude.

– Je pars, Mésange. Tout de suite. Si tu veux je t'emmène.

– M'emmener ? Où ça ?

– Je ne sais pas, mais on ne peut plus rester ici.

Mésange se tourna vers le fauteuil vert. Tourette se réveillait.

– Je te l'avais dit que le Docteur trouverait quelque chose.

Tourette se tourna vers son amie puis vers le Docteur.

– Ça va ? demanda-t-il. La crise est passée.

– Oui, merci. Je me sens bien, comme quand je joue de la musique.

– Il va falloir d'autres séances, dit le Docteur, sinon ça recommencera. Vous êtes suivie ?

– Suivie ? Non je ne crois pas, je n'ai vu personne, répondit Tourette, encore un peu brumeuse.

– Chez vous, vous avez un médecin, quelqu'un qui vous traite ?

– Chez moi ?

– Elle est arrivée aujourd'hui par l'autocar, intervint Mésange.

– Vous veniez d'où ? demanda le Docteur.

Tourette esquissa de la main un geste vague.

D'où on vient n'est jamais aussi important qu'où on

est, songea Mésange... Comdinitch lui avait dit ça, un jour au comptoir.

– Elle venait voir s'il y aurait du travail, dit-elle.

Le Docteur eut l'air très étonné.

– Du travail ? Par ici ?

– Pas seulement, intervint Tourette. Je ne vous ai pas tout raconté, pas eu le temps, je sentais que la crise revenait.

– Raconté quoi ?

– J'ai dit que j'étais venue par hasard, mais ce n'était pas vrai.

– Pas vrai ?

– Pas complètement. Je suis aussi venue pour autre chose.

TOUT À FAIT RÉVEILLÉE MAINTENANT, Tourette dévisagea le Docteur, puis Mésange.

– Pour ma grand-mère.

– Votre grand-mère ? Elle habite ici ?

– Non, elle a disparu. Il y a longtemps. Chez moi, ils racontaient qu'elle était partie dans un bois.

– Un bois ?

– Oui, pas loin d'ici d'après eux. Un bois où les femmes travaillaient. Alors, je m'étais dit...

Mésange réfléchit.

– Il avait un nom ce bois ?

– Je ne sais pas. Ma grand-mère, je ne l'ai jamais vraiment connue. Elle est partie de chez nous un jour, et je ne l'ai revue qu'une fois. Elle est revenue et c'est là qu'elle m'a donné le comonion. Mes parents ne l'ont même pas laissée entrer. J'étais toute petite. Sur le pas de la porte, elle m'a dit : « Tiens, c'est pour toi, je ne peux plus en jouer. Un cadeau d'un qui avait de jolis yeux. Tu apprendras. » Et elle a disparu. Alors ce bois, si ce n'est pas trop loin, je pensais que vous pourriez m'indiquer le chemin.

– Je ne vais pas pouvoir t'aider beaucoup, dit Mésange, embarrassée. Il y a bien le Bois aux… Le bois, mais il est vide. Plus personne dedans, à part les corbeaux. Ta grand-mère, elle ne date pas d'hier, conclut-elle.

– Dommage. J'aurais bien aimé aller y voir. Chez moi, ils avaient l'air contents qu'elle y soit, dans le bois, mais ma grand-mère, elle me manque tout le temps.

Comme Rose, songea Mésange, Rose là-haut…

Tourette poursuivit après un silence :

– « La vieille », ils l'appelaient, ou « la pute ». C'est malheureux des mots comme ça quand on n'est pas obligé par une maladie, vous ne trouvez pas ? En ont-ils fait pleuvoir des méchancetés, sur ma grand-mère. Vous savez comment ils l'appelaient d'autres fois ?

– Comment ?

– La manchote.

– La manchote ? Elle n'avait pas de bras ? demanda Mésange.

– Des bras, si. Mais il lui manquait une main, à ce qu'ils disaient. Une main qu'elle avait dû se couper. Un coup de hache ou de scie. Un accident est vite arrivé, dans ce métier-là.

– Métier ?

– Elle était bûcheronne.

– Ah ?

– Oui, dans le bois.

Décidément, on y revenait toujours, dans ce bois.

– Bûcheronne ?

– Qu'est-ce qu'une femme peut faire d'autre dans un bois ? demanda Tourette. La pauvre ! J'ai mal pour elle rien que d'y penser. Des bras, il en faut pour ce métier-là, non ?

Mésange réfléchit une seconde.

– Pas forcément, répondit-elle, songeuse.

– Ah, dit Tourette, j'aurais cru… En tout cas, ses bras elle les avait. C'est une main qu'elle avait perdue. La gauche. Ils l'avaient remarqué tout de suite, à la porte, le soir où elle était revenue, qu'il lui manquait une main. Mine de rien, en la regardant sans lui parler. Moi, je n'avais vu que ses yeux et le comonion. Et son cœur aussi. Après ils l'ont appelée la manchote, et puis à la longue ils l'ont oubliée.

– Oui, dit Mésange, les souvenirs, dans la vie il s'en rajoute tout le temps, on ne peut pas tout garder. « Souviens-toi d'oublier », Comdinitch, encore lui, un jour au comptoir. Mais je me rappelle plus de quoi il parlait, ajouta-t-elle comme pour en finir avec cette main. Il en dit tellement, Comdinitch.

D'UN COUP DE KLAXON MÉLODIEUX, Synxter les avertit de son retour.

– Ça y est. On va pouvoir y aller, dit le Docteur. Mésange, si tu es d'accord pour partir, on passe prévenir ton père.

Suivis de Tourette, ils descendirent retrouver Synxter.

– Ça me fait peine quand même, dit soudain le garagiste.

– Tu ne veux plus partir ?

– Non, ce qui me fait peine, c'est le Sawyer-Massey. On n'est pas près d'en revoir un. Être obligés d'abandonner un beau tracteur comme ça. Un fameux gâchis.

Le Docteur réfléchit un moment, puis se tourna soudain vers Tourette.

– Vous savez conduire ?

– Je sais le Code, répondit-elle.

– Synxter, dit le Docteur, tu l'emmènes dans la Chenard et en chemin tu lui montres comment s'y prendre.

– Mais, conduire la Chenard…

– Elle saura se débrouiller, dit le Docteur.

– Tourette, elle est très habile de ses mains, confirma Mésange, vous auriez dû la voir tout à l'heure quand elle m'a aidé à retourner les chaises.

– Comme ça, reprit le Docteur à l'adresse de Synxter, toi tu repars avec le Sawyer. Tu la précèdes. Prends un câble, si jamais elle s'embourbe, tu pourras la tirer.

Synxter installa Tourette au volant de la Chenard & Walcker et s'assit à côté d'elle. La jeune fille ne perçut pas le léger frémissement de la peau d'étoile de mer au contact de ses mains.

Quatre secondes plus tard, ils étaient hors de vue.

– Vous vous entendez drôlement bien, toutes les deux, dit Synxter un kilomètre plus loin.

– Pourtant on ne se connaît pas depuis bien longtemps. On s'est rencontrées cet après-midi, Mésange et moi.

– Non, pas avec Mésange, avec celle-ci, dit Synxter, la Chenard. Écoutez… Elle ronronne. Vous lui faites juste ce qu'elle aime.

– C'est la première voiture que je conduis. C'est facile.

– Vous lui plaisez. Elle se laisse faire. Comme avec le Docteur.

Tourette tendit l'oreille.

Sous le capot s'exécutait à présent une partition de courtes phrases musicales, une mélodie enjouée, un peu comme un air de comonion.

Invisible de la route, le garage apparut au bout du chemin où ils venaient de s'engager.

Laissant Tourette au volant, Synxter s'affaira à charger la Chenard. Sa besogne promptement achevée, il ressortit de l'atelier juché sur le siège du Sawyer-Massey.

DEBOUT SUR UNE PLANCHE ÉTROITE, Madoval considérait attendri un bouquet de jeunes pousses de poireaux.

Regarde, Madoval, foi de potager, c'est de la vie là-dedans, des promesses de verdure et de soupes pour ton zinc. Évidemment, le boucher parti, adieu la farce, mais restaient carottes, raves et poireaux, toute une légumerie pour envitaminer l'ordinaire du Cran d'Arrêt.

En un ruban de courtes pointes, la rangée suivante commençait à se hérisser de queues d'oignons. Mésange se réjouirait de les voir. Pourtant, songeait de plus en plus souvent Madoval ces temps-ci, à son âge, belle comme elle était, elle méritait mieux que les compliments des gastronomes de zinc abonnés au plat du jour. Mieux que ces routes embourbées qui ne menaient nulle part, que l'ombre menaçante de chantiers à venir, et mieux surtout que les inquiétantes confidences des chauffeurs d'autocars plus pressés chaque matin.

– Papa ?

Madoval ressortit du jardin. Les pieds dans la boue, Mésange et le Docteur se tenaient devant le mur de meulière. Un nez de cochon gris perle attendait le long du trottoir.

– Tiens, Docteur, vous passiez nous dire un petit bonjour ? Et Mésange, où que t'étais donc ?

– J'étais chez le Docteur, papa.

– T'es malade ?

– Non, rassurez-vous, elle va très bien Mésange.

– Tant mieux… Jamais vu, celui-là. Tout neuf, on dirait, dit Madoval pointant vers le nez de cochon.

– Je pars, monsieur Madoval.

– Vous partez ?

Madoval se tourna vers sa fille.

– Toi aussi, ma fille ?

Pas l'ombre d'un reproche dans la question paternelle.

– Tu les as entendus, ce midi, papa. Il faut s'en aller. Maintenant.

– Presque toutes les routes sont bloquées, dit le Docteur.

– Mais pourquoi ? demanda Madoval. Expliquez-moi, à la fin.

– Je n'en sais pas plus que vous, répondit le Docteur. Mésange part avec moi. Tout de suite. J'ai de la place, ajouta-t-il en montrant le nez de cochon. Si vous voulez, je vous emmène. On doit encore pouvoir passer.

De justesse.

Madoval regarda Mésange puis le Docteur puis de nouveau Mésange. Ils se tenaient tous les trois devant lui, sa fille, le Docteur et l'urgence.

Sur le trottoir et la chaussée la couche de boue avait épaissi.

– DOCTEUR, vous avez au moins le temps pour un café ?

Pendant qu'à l'étage Mésange rassemblait un peu d'indispensable, Madoval acheva de préparer deux tasses de café.

– Alors, je vous emmène ? offrit de nouveau le Docteur.

– Le Cran d'Arrêt, vous m'imaginez ailleurs ? Tenez, votre coude, vous ne le voyez pas mais à côté de lui il y en a d'autres, tous ceux qui l'ont usé ce zinc, qui s'y sont reposés une fois le verre vidé en attendant le suivant, confiants, sûrs qu'il arriverait. Et le suivant, de verre, c'est toujours moi qui l'ai sorti du bac, personne d'autre, moi, là, sans les faire attendre. Pour les contenter. Un petit contentement de pas grand-chose. Ils n'en ont pas beaucoup d'autres, vous le savez, vous. Vous les connaissez. Et vous croyez qu'ils vont partir ceux-là ? Pour aller où, Docteur ? C'est pas des coudes voyageurs, ceux du zinc. Le mal du pays les rattraperait en moins de deux. Tremblote et sa paille, vous croyez qu'ils iraient loin ? Et le facteur, il le boirait où le réconfort après sa tournée de pensions ? Et quand je dis le pays, hein, il n'est pas bien grand celui du Cran d'Arrêt. Toute cette grisaille, cette pluie, et la boue – d'accord, ça ne donne pas très envie, mais pour eux, ici c'est comme une marinade. On ne doit pas les changer de marmite.

Le Docteur écoutait en silence.

– J'ai peine à vous refuser, Docteur, mais vous me comprenez. Emmenez Mésange. Je me doute que ça ne va pas être beau à voir, ce qui vient.

Le regard de Madoval visita un instant de sinistres horizons.

Il reprit :

– Vous avez toujours su ce qu'il fallait faire, Docteur.

– Et vous ? Ça ne sera pas trop difficile ?

– Ça sera comme ça sera, Docteur. Le Cran d'Arrêt reste ouvert. Ce n'est pas demain qu'on le fermera.

– J'espère, monsieur Madoval, dit lentement le Docteur.

Madoval ne perçut aucun espoir là-dedans.

– Et mon jardin, Docteur ? Mes légumes, tout seuls, ils n'y arriveraient pas non plus. La jeune pousse, ça demande de la patience, et surtout de la présence. Non, conclut-il, je reste, moi, je continue à m'occuper de mes oignons. Et puis…

– Et puis…

– Et puis, il y a Rose, là-haut.

Mésange était redescendue, un sac de voyage à la main. Elle rejoignit les deux hommes, posa le sac sur le carrelage griffé et enlaça son père.

– Vas-y, Mésange, fit Madoval en détachant les bras de sa fille. Ne vous mettez pas en retard.

Madoval et le Docteur gagnèrent la porte du Cran d'Arrêt. Mésange les quitta un instant et revint de la cuisine une pelle à la main.

Madoval se tourna vers le Docteur.

– Il a de la tête, mon oisillon. Cet instrument-là, c'est toujours utile. Mais là où vous allez, de la boue, il n'y en aura pas.

Le Docteur ne répondit rien. Il grimpa dans le nez de cochon. Mésange s'installa à côté de lui.

Au bord du trottoir, devant le Cran d'Arrêt, Madoval pensif les regarda s'éloigner.

– Ben, demanda-t-il en voyant arriver Comdinitch sous son feutre vert, d'où t'en viens-tu donc comme ça ?

– J'ai raccompagné Tremblote, c'est pas bien loin mais ça glisse. Il avait du vent dans la paille, à la fermeture. Tu prends le frais ?

– Le frais, le frais, si on veut. Je te paye un verre ?

– Juste un ballon, alors, hein.

Ils entrèrent dans le bistro.

– Je viens de croiser le Docteur et Mésange, dit Comdinitch, je n'ai même pas eu le temps de leur faire un signe. Ils filaient. Alors comme ça, ce serait le moment de partir. Tu en penses quoi ?

– Moi, dit Madoval, je reste. Et toi ?

Comdinitch le regarda.

– Cette question.

– T'es sûr ?

– Tout ce qu'il y a de sûr. Pourquoi je partirais ? D'abord, j'ai ta cabane, celle que tu me prêtes, avec le confort et des bouquins. Et puis, dis-moi où il faudrait que j'aille pour retrouver des oreilles comme celles du Cran d'Arrêt ? Des vraies oreilles de zinc. Elles s'y plaisent, mes histoires, elles y nichent dans ces oreilles-là. Et je suis pas au bout d'en mettre.

– Ah, pour ça, Comdinitch, t'es pas avaricieux.

– Bon alors, je te le dis Madoval, le Cran d'Arrêt, il n'a pas fini de me voir.

– Ni de t'entendre, dit le patron. Tiens, vide ton verre que je te remette ça.

PAS À DIRE, efficaces ces clous. Il savait planter, le garagiste. Chez lui, c'était pas la porte à côté, fallait pousser, mais ça valait la peine. Pour un peu, Failagueule aurait eu remords d'avoir oublié de le payer. Ça n'aurait pas été des sous gaspillés. Les clous tenaient leur promesse. Même dans les virages ils mordaient la couche.

Tout de même, le jour, qui avait été bien court, tombait, et derrière ses lunettes noires qui le protégeaient des éclaboussures, bouchons d'oreilles bien en place sous la capuche, Failagueule jouait la prudence. Il se tenait à bonne distance du fossé. Le plongeon de ce matin, il ne l'oublierait pas de sitôt. À chaque sortie, il devait pousser plus fort sur les roues, mais les poignées lui facilitaient la tâche. C'était bien pensé. Il y avait presque du plaisir à pousser. Et du plaisir, on en a jamais trop. Et puis comme le docteur l'avait dit, peut-être qu'un de ces jours, ses jambes se décideraient à remarcher.

On n'en savait rien, après tout.

Tout en poussant, Failagueule repensait à la discussion au Cran d'Arrêt. Ceux-là, toujours à rien comprendre et à pas savoir quoi faire. Juste bons à se gargariser avec le Docteur. Le Docteur, le Docteur, ils en avaient plein la bouche de leur Docteur. Bon, Failagueule devait bien le reconnaître, ce docteur, quand on était dans l'embarras, il pouvait vous en tirer. À preuve, lui, Failagueule, qui c'est qui l'avait sorti de son lit, décloué pour ainsi dire ? À la réflexion, il n'aurait pas fallu beaucoup le pousser pour faire comme les autres et lui coller une majuscule, au docteur, mais il attendait encore de voir ce qu'il pourrait bien trouver pour les sortir de là.

Pas un débutant, le chauffeur. Pas comme tous ces gars qu'on embauchait en ce moment pour augmenter les rotations. Des semaines que les bennes déversaient toujours en plus grandes quantités. Désormais les camions allaient par deux, mais souvent le second décrochait. Avec ces ornières que même la boue ne parvenait pas à combler, pas facile de suivre. On avait embauché trop de nouveaux, pour forcer les cadences. Mal formés, qui souvent ne contrôlaient pas le volant sur ces bosses. En plus, la boue dans les bennes, ça pèse. Après des dix, douze tours, la fatigue les prenait.

Son poids-lourds à lui, il ne datait pas d'hier. Il ne se souvenait même plus quand il l'avait passé, son poids-lourds, c'est dire. Il l'avait eu du premier coup, et à l'époque, ce permis-là, on ne vous le donnait pas.

En avait-il transporté, depuis. Du dur, du mou, du liquide, du en poudre, en plaques, en rouleaux, de tout dans le dos, le long d'interminables kilomètres solitaires, tous ces kilomètres à rallonge, à se racornir les phalanges sur des volants poisseux, à s'user les yeux sur des pays moches.

Moches, oui, mais moins moches.

Moins glaiseux.

Du déjà-vu, ce décor qu'ils étaient en train de retapisser à la boue. Il était passé par ici autrefois. En ce temps-là, dans le métier on le connaissait, ce coin. À cause du bois. Le Bois aux Putes, ça ne s'oubliait pas. Fini à présent les haltes où on savait vous accueillir comme il faut sous les arbres. Les gars n'hésitaient pas à faire le détour pour venir y chiffonner la dentelle. Ouais, c'était pas aux arbres qu'on grimpait, dans ce bois-là. Avant que ça ne se gâte, avant les sales histoires, avant que ça ne tourne vinaigre.

Et sang.

Combien de tours ce mois-ci ? À cette cadence, on allait pas tarder à le terminer, ce tapissage.

Au train où ça allait, il ne faudrait plus tant de temps.

« Plus tant d'temps. Plus tant d'temps. »

Le chauffeur s'était mis à tapoter son volant.

« Plus tant d'temps, plus tant d'temps, plus tant d'temps. »

Joli rythme.

Trois temps, une espèce de valse.

Quand on a le métier bien en main, chauffeur ce n'est pas désagréable. On s'en va, on s'en revient, personne sur le dos.

Mais gaffe aux ornières, rien profondes par ici.

Sournoises aussi.

On les voyait juste au dernier moment, vigilance…

« Plus tant d'temps. Plus tant d'temps. »

Pom pom pom.

Comme goujon par brochet, les roues avant du camion furent happées par une crevasse affamée.

Aussi bloquées que la patte d'un loup dans une mâchoire d'acier.

Le camion se cabra dans un hurlement de freins. La tête du chauffeur s'écrasa contre le pare-brise. La benne dressa sa bosse presque à la verticale du châssis et retomba s'écraser sur la route. Les montants de bois qui en retenaient les côtés lâchèrent une épaisse coulée de boue humide.

La moitié, le tiers suffit à engloutir Failagueule et son fauteuil.

Le chauffeur reprit lentement connaissance et parvint à s'extraire de la cabine. Massant des deux mains son front endolori, il entreprit de faire le tour du camion et un premier inventaire des dégâts. À côté d'un des montants brisés, il dut contourner une petite pyramide de boue.

Foutu. Impossible de repartir. Bien sûr, il n'était pas censé décharger à cet endroit, mais, bon, un peu plus près, un peu plus loin… Fallait abandonner là l'épave et avertir la dépanneuse.

Le chauffeur se mit en route.

BERLAND S'APPROCHA DU CHANTIER. Depuis un moment lui parvenaient des aboiements qu'il ne reconnaissait pas. Ces jappements sourds, préoccupés, inquiets, de chiens pas dans leur assiette. Des chiens qui auraient passé du temps enfermés... dans une cage.

Du mauvais temps.

Des questions plein les yeux, le schipperke et le kelpie l'accueillirent devant le grillage.

Alors, c'est seulement maintenant, le matin, qu'il arrivait ?

Pourquoi il n'était pas rentré plus tôt ?

Où il était quand on avait besoin de lui ?

Et ça, il était au courant ?

Trois grues se dressaient sur le chantier. Trois grues qui n'y étaient pas hier.

Queue basse, museau à terre, les chiens allèrent flairer ensemble la boue molle autour des pieds des grues et revinrent danser en rond près de lui. Berland comprit qu'ils n'attendaient pas que leur soupe.

Il aurait mieux fait de couper par le Bois, hier soir, en revenant du Cran d'Arrêt. Les gars l'auraient trouvé sur le chantier et lui auraient expliqué la raison de leur présence. Mais au lieu de ça, en les apercevant sur la route, il avait fait demi-tour et choisi de passer la nuit dans la remise de Failagueule. Faut dire que de loin, dans le noir, ces types n'inspiraient guère confiance. Berland avait préféré attendre le jour.

Tu parles ! Tout le monde avait filé.

Berland parcourut le chantier du regard.

Personne.

Juste trois grues.

Une fois les grues érigées, les monteurs avaient dû rembarquer dans les camions. Des spécialistes, pour aller aussi vite, pas de doute. Mais quand même, trois grues montées en si peu de temps, ça sentait le travail bâclé. Maintenant, allez leur demander. Bien malin qui pouvait dire où ils étaient.

Ne restait que de profondes empreintes de pneus dans la boue.

LE VENT SIFFLAIT entre les montants de fer.
Pas comme il aurait dû.

Du vent dans des grues, Berland pouvait dire qu'il en avait entendu.

Jamais comme ça.

Trop de fausses notes.

Du vent mauvais.

Berland s'approcha de la grue la plus proche de sa cabane et fit le tour du pied. Une bourrasque le poussa contre un des montants.

– Merde ! s'exclama-t-il en reculant de quatre grands pas, assorti chacun d'un « merde ! » de plus en plus incrédule. Merde, merde, merde, merde, c'est pas vrai ! Oh misère !

S'approchant de nouveau de la grue, il posa sa main sur un des montants d'acier.

Il en avait entendu parler.

Comme tout le monde.

Des choses qu'on se racontait entre apprentis, quand on débutait dans le métier, mais sans y croire. Des choses qui n'arrivaient jamais, que personne n'avait vues. Des balivernes.

Et pourtant…

Molle.

La grue ramollissait.

Il passa à la seconde, s'appuya légèrement sur un des montants et courut à la troisième.

Il franchit le grillage et s'élança vers la route. Avant même qu'il ait eu le temps de faire signe aux chiens de le suivre, le schipperke et le kelpie étaient sur ses talons. Berland ne leur avait jamais parlé, mais il lança dans leur direction un « Vite, tirez-vous ! » parfaitement superflu.

Passé six peupliers, Berland se retourna. À cette distance, il voyait les trois grues ensemble. Pas de doute. Aucune n'était plus verticale. Il lui sembla que la pointe de celle qui se trouvait le plus près du grillage bougeait. Non, ce n'était pas exactement le mot. Non, elle oscillait. Le sommet ondulait et la base commençait à se gondoler. Et les flèches ! Les trois flèches s'étaient soudain mises à battre, semblables aux ailes de trois gigantesques échassiers fuyant une catastrophe.

Comme la veille sur la route, Berland sentit la sueur coller à son dos la flanelle du maillot. Les chiens avaient déjà trouvé refuge loin du chantier, sur le talus. Eux aussi les connaissaient, ces balivernes. La curiosité avait succédé à la peur, cette peur moite, un peu plus tôt, dans la cage. Ils le sentaient, le spectacle allait commencer. On ne voyait pas ça tous les jours. On pouvait passer toute une vie de chien et même une d'humain sans avoir l'occasion de voir ce qu'ils allaient voir.

Ça ne traîna pas.

Ainsi qu'homme et chiens s'y étaient attendus, lentement, posément, pesamment, et, il fallait l'avouer, non sans une certaine élégance, la première grue, dans une succession de douloureuses plaintes métalliques, se coucha. Les uns après les autres, les boulons sautaient en brefs claquements secs, mêlés aux gémissements des charnières.

Puis se coucha la deuxième.

Et presque aussitôt la troisième.

Berland avait rejoint les chiens sur le talus. De l'autre côté de la route, dans le chantier, la boue étouffait déjà les trois géants agonisants.

Qu'est-ce qui leur avait pris, à ces types ? Pas besoin d'être bien savant pour se douter que, dans cette gadoue, rien ne pourrait tenir. Surtout pas en hauteur. Mais on leur avait dit de les monter, alors… En vitesse, dans la nuit. Et puis hop, en route. Ce qui allait se passer, ils le savaient depuis le commencement. C'était quand même malheureux, de belles grues comme ça, toutes neuves.

Qui, si ça se trouve, en étaient à leur première érection.

À présent, là par terre, qu'est-ce qui allait leur arriver ?

On n'allait pas rappeller des gars pour les sortir de la boue. Fallait tout de même pas exagérer. Des grues qui avaient ramolli une fois ne revenaient jamais aussi dur qu'avant. Pour celles-ci, c'était foutu.

Des grues ? Quelles grues ?

Et quel chantier ? pensa Berland. Juste un tas de boue.

Les chiens, ça lit les pensées.

Le kelpie et le schipperke se levèrent et se mirent en route.

Berland leur emboîta le pas.

Merci

à Nadine, always my homeward dove,

à Julia et Anna qui m'ont conseillé et guidé,
à Sylvie et Camille qui m'ont guidé et conseillé,
merci aussi, à Emmanuel pour sa méticuleuse relecture,

et à Bernard Quesniaux, poil au pinceau !

Cet ouvrage
a été mis en pages par In Folio,
reproduit et achevé d'imprimer
en février 2022
dans les ateliers de Normandie Roto Impression s.a.s.
61250 Lonrai
N° d'imprimeur : 2106679

Imprimé en France

Dépôt légal : mars 2022